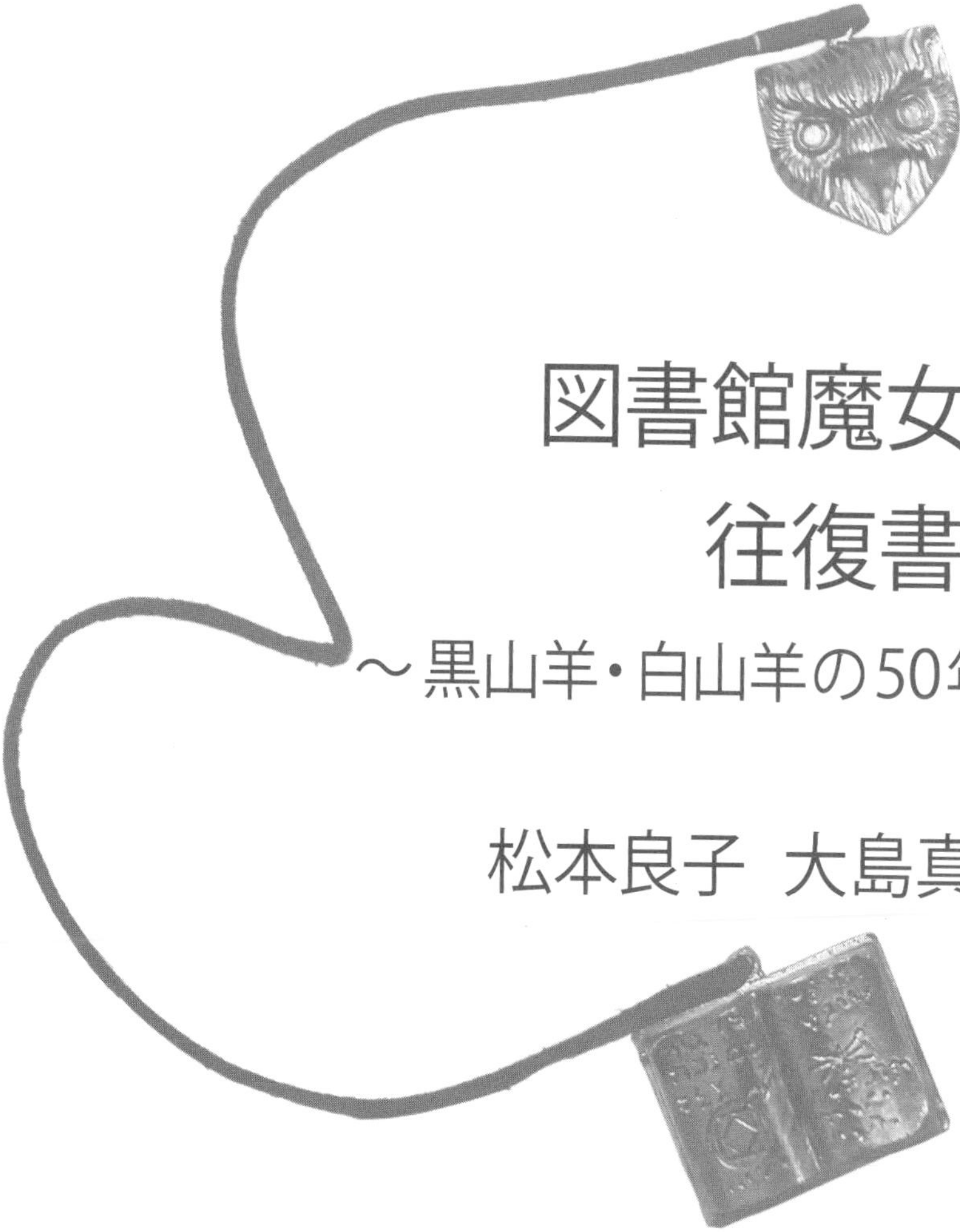

図書館魔女の往復書簡

～黒山羊・白山羊の50年～

松本良子　大島真理

図書館魔女の往復書簡

〜黒山羊・白山羊の50年〜

（編注）黒山羊《くろやぎ》さんとは、著者のひとり、松本良子のニックネーム。白山羊《しろやぎ》さんは、図書館魔女シリーズの著者・大島真理のニックネームである。

序にかえて——LINE電話がなる

大島　真理

二〇二二年十一月十一日朝、LINE電話がなる。堀さんからだ。いい話でないのは、明らかだ。朝病院から呼び出しがあったという。黒山羊《くろやぎ》*さん、血中酸素濃度が下がり個室に移されたとのこと、辛すぎる。しばらくして、動画を撮って送ろうと思うが……でも辛すぎるだろうかと連絡が入る。「本来近くにいたら、真理さんはここにいたはずなので、見送ったはずなので……」。どうしよう、辛すぎる。でも覚悟を決めるのには見たほうがいいのかもと、お願いした。

世界の一部が持っていかれたような、限りない喪失感だった。一緒に過ごすはずの未来が消えた。黒山羊さんの病気が発覚し、治療に効果が見えた時期を

＊松本良子。仙台で知り合い、以降、交友が続く。二〇二二年香港で没。

経、しばし小康状態だった。しかし、今年に入り放射線治療をしたあたりから、狂いだしたのだ。少しずつ体に起きる変調について報告を聞きながら、心の奥深く、自分にも隠しながら、覚悟を固めてはいたのだ。でもでも、こんなに早く、それもあっけなくその時が訪れようとは、誰が想像したろう。今年を越せば丸四年になる、そこに必死な思いで救いを見出そうとしていたのだが……。

私の誕生日のLINE「せっかくの誕生日なのに明るいお知らせじゃなくてごめんなさい」、その二週間前くらいから、ベッドから起き上がれない、転倒する、歩くのが困難になったという。もう尋常じゃない、一体何が起こっているのか、頭を抱え込んでいたら入院だった。そしてその歩けない、起き上がれない原因が脳圧と判明、シャント術という手術をした。脳圧調整のために頭に器械を埋め込んだ。この手術、頭に穴を開けるのだから容易なものではないはずだった。しかし効果は抜群、状況はみるみる回復して、一ヶ月ほどの入院で歩けるようになっていった。一安心とは言え、入院以前からみるみる減っていった体重、これを聞いた時も、ザワッと恐怖がよぎった。

四十キロを切って三十六キロなんて、危険水域なことは素人にも想像がついた。

入院中に少しは回復した体重だが、退院後また食欲不振は続いた。朝食はとっても昼は吐き気が止まらないらしかった。胃の検査は以前にしており、神経性のもので組織異常はないのだという。それでも、どんなに努力しても食事ができない。そうすれば体力がつかないのは当然だ。買い物も堀さんの付き添いで行っていたが、彼からのＬＩＮＥが入った。自分が付いていながら申し訳ないと、黒山羊さん途中で転んでしまったという。帰宅後彼女はすぐベッドに入ったのでそのまま帰宅したと報告があったのが十月二十三日。

翌朝ＬＩＮＥ「昨日買い物途中で、転んだと堀さんから聞きました。大丈夫ですか？ 今週は化学療法もあるので、体力つけてね！」、これはずっと既読にもならずもう返事が来ることはなかった。

この後、堀さんからＬＩＮＥ電話が入った。朝行ってみると、昨日のままの状態でベッドにおり、驚いて救急車を呼んで入院したという。治療している病院ではなく、かなり遠くて、行くのも面会も容易でない（ＰＣＲ検査を二日に一度、予約して一時間だけの面会）病院だった。そこに行った時の様子、

「英語がまったく伝わらず、スタッフが困っていました。あんなに英語力があったのに、驚きと無念さで胸がつぶれそうになってしまいます」。こちらの胸も張り裂けそうだった。そうか、そうなってしまったのか……その後現実を受け入れるしかないというLINE「精神的にはっきりしていて、本人にまだ生き続けたいという無念さが強いよりも、良子さんのように、訳が分からなくなって最期を迎える方が良いのでしょうね」と。そうだったのだ。本当に体も心も限界だったのだ。すべての苦役から解放されたのだと思うことにした。

十月十三日「シェラクラブ通信*」の黒山羊コラムを送ってきた。それが絶筆となり、メールはそれが最後となった。その一週間後LINE電話でしゃべった。ひとしきり病気のことのあと、いつものように韓国ドラマや映画のことを話す。一時間ほど話をするけれど、あの打てば響くような人が、ゆっくりなのだ。そして同じ話を繰り返した。才気煥発な黒山羊さんはもういなかった。言葉が出てこない、堀さんが発話が遅いのが気になると言っていたが、本当にその通りだった。それでも、話はできたのに……その変化をどう受け止めればいいのか、悲しすぎた。彼女の真髄であったような言語中枢がダメ

＊発行人 Mari OSHIMA＝大島真理による毎月発行のメールマガジン

になるなんて。

以前はほぼ毎朝、ＬＩＮＥで状態を尋ねる。例えば私が「今日は仙台、友だちと会って映画」とＬＩＮＥすれば必ず「何見るの？」という会話が続いていたのだ。そう、以前ならば……それがスタンプだけになる。十月二十一日「今日もすてきな一日になりますように」というスタンプが最後となった。七月の入院前も、しばらくＬＩＮＥが途絶えた。その時の寂しさは言い尽くせない。こんなにも寂しいのか、他愛もない日常のひとつが消えるということが、こんなにも寂しいことなのかと天を仰いだ。

入院して頭部ＣＴ検査で小さな脳内出血があったと判明する。この頃少し会話が戻ったとあり、どら焼きを食べている写真が送られてくる。笑顔もあって一息ついた感じだった。その後がん治療をしている養和病院（香港でも屈指の病院）へと転院、それが十月二十九日だった。そしてまたＭＲＩ検査があったが、堀さんとももうＬＩＮＥ交換ができない状態になっていく。検査結果を聞くのも怖くて連絡しないでいた。十一月四日、認知症状が気になっていたが会話も成立せず、食べ物飲み物を受け付けなくなったので栄養点滴を受けているとＬＩＮＥ、ここで本当に覚悟を決めた。認知症状が出たのは、脳腫瘍まではいかないが、がん細胞が膜状になって広まったのではないかという。肺がんから脳への転移は多く見られる症状らしい。

十一月十一日、堀さんからの連絡、主治医がこれ以上の回復は望めないのでモルヒネを投与するという。すると最期まで一日くらいで……つまりそこで命は閉じられるのだ。その日、本当にいたたまれなかった。黒山羊さんが我が家に来た時（我が家を実家だと言っていた）散歩した川原を歩いた。穏やかな日、自分に言い聞かせるしかなかった。そして翌日十二日夕方、携帯をひらけないでいた。そこにあったのは「十六時二十五分　死亡確認されました」、香港時間なので日本時間十七時二十五分。本当に静かな最期だったという。苦しみもなく逝った。それが救いと言えば救いだ。

その後、堀さんから「思い出の品もあるでしょうから」と、香港への誘いを受けたがお断りした。とても辛くて行けない、私にとって香港イコール黒山羊さんなのだ。香港の風景すべてに黒山羊さんがいる。だから、これからも行けない。もう封印するしかないのだ。

訃報を聞いて一週間、十四日は大崎市図書館協議会関連の会議、十五日は「シェラクラブ通信」の配信、とても黒山羊さんの訃報を書けなかった。ただコラムの休載のみを知らせる。黒山羊さんの香港在住の年若い友人Sさんにも通信を配信している。「黒山羊さんのコラムについて『休載です』と書かれていらっしゃいましたね。悲しみの深さがわかり、号泣してしまいました」。このメールにまた泣いた。

十一月十六日は今年最大のイベント？　ともいうべき行事が待っていた。大崎圏域の図書館員の研修会の講師を頼まれていた。だからそれまでは気が紛れた。いや紛れさせることが出来た。その後、家の庭木の剪定・伐採などの雑事が重なり、ただ一日一日を、ルーティンをこなしていった。それが彼女の死に向き合うことだった。日々を生きる。そしてゆっくりゆっくりそれを受け入れよう。

所用で郵便局に出かけた。その通り道は城山が望め、町の好きな景観である。伊達政宗時代からの内川という灌漑用水の川沿いを歩きながら、また不意に涙が出てくる。この悲しいほど美しくて静かな秋の日、もう黒山羊さんはいないのだ。あれから何度自分に言い聞かせたことか。毎朝携帯を手にして、はっとする。もうＬＩＮＥはできないのだ。何か目新しいこと、楽しいこと、ちょっとしたことを写真に撮って送っていた、その習慣で、つい携帯を手に取る。その度に、もう居ないんだ、もう居ないんだと自分に言い聞かせなければならない。

　なにせ五十年以上にも及ぶ付き合い、生活のすべてに彼女の影響がある。贈り物に囲まれて暮らしているといっても過言ではない。すべてが彼女に結びついている。まだ病気の発覚前、香港の離島ラマ島へと行ったことがある。そこに小さいがとても素敵なカフェがあった。コーヒーもケーキもおいしかった。その時言ったのだ。「あのさ、八十歳になって二人でカフェオープンっていいじゃない。高齢者の起業最近増えてるしね……」私も思った。まんざらでもないな。こんな香港の片田舎で、ケーキを焼いて暮らすか。ダメじゃないか、黒山羊さん。それが守られなかった約束の一つである。韓国ドラマフリークの聖地？済州島《チェジュ》に行くことも、二人にとって最良の書だった『赤毛のアン』のプリンス・エドワード島に行くことももうない。

病がわかったのは二〇一八年冬、二〇一九年正月、黒山羊さん七十歳の誕生日のため白山羊訪港、二〇二〇年二人の出会い五十周年を祝うために訪港（帰国後すぐコロナの世界的蔓延、海外旅行不可）、病を得ても全く普通の生活をしていた。それが今年の春まで、仕事をこなし時々の不調はありながらも普通の生活ができたのだ。それが僥倖でなくて何だろう。黒山羊コラムを読むと、香港が本当に好きなんだと伝わってきたと弟が言う。そうなのだ。大好きな香港で仕事をし、日々を過ごし、最後の日々も友人たちに助けられながら過ごした。

こんなに気の合う人は、めったにないだろう。そんな出会いに感謝するしかない。好きな物が同じ、映画、旅行、食いしん坊、洋服の趣味、ミーハーだけど政治の話もできる。嫌いな政治家を滅多切りにして溜飲を下げた。一緒にいるだけでとにかく楽しかった。弟に「笑いのツボが同じ」なのだろうと言われた。帰国して一緒に居ると、なぜかいつも笑っていたという。クリスマスは香港で過ごす、現役時代はとにかくその日のために働いていたと言っていい。それがほとんど生きがいだった。

同じ時代を生き、たくさんの旅をし、たくさんの話をし、それらがすべて思い出となっている。思い出がたくさんあるのは辛いだろうけれど、それは幸せなことだと、これも弟の言葉。そうなのだ、悲しみの深さは、豊饒な思い出でもあるのだ。白山羊は連れ合いには恵まれなかったけど、それにあまりある親友、いや心友黒山羊さんと出会えたことは、何と人生を豊かにしてくれたろうか。本当に本当に感謝の言葉を通り越す、限りない幸福を与えてくれた。

そして人生は続くのだ。時間は待ってはくれない。今私ができること、黒山羊さんとの思い出を掘り起こして（いや掘り起こす必要なんてない、向こうから押し寄せて来るのだけど）書くこと、それが喪の作業、その不在を受け入れるために。

因みに堀さんは彼女が晩年働いた会社のオーナー、病を得てから本当にすべてにおいてケアをしてくれた。そのすべて、感謝しきれるものではない。

（エッセイスト・元東北福祉大学准教授）

＊本稿は「シェラクラブ通信」No.146（2022.12）に「親友 黒山羊さんへのラブレター」として掲載したもの

目次

Ⅰ　黒山羊コラム*

香港での日々

*黒山羊コラムは、メールマガジン「シェラクラブ通信」（発行人Mari OSHIMA）にNo.36(2013.6)～No.144(2022.10)まで掲載されたものを抜粋・編集した。「三日やったらやめられない」が絶筆となった。

香港以前

病を経て

II　白山羊コラム

重なり合ったもの

追いかけて、旅をして

偉大なるインフルエンサー

数々のプレゼント

黒山羊名言集

様々な場面で

I　黒山羊コラム

香港での日々

28

スターティング・オーバー

一九八八年夏、香港に飛んだ。塾の運営に孤軍奮闘すること七年。体調を崩し、休暇を取りたいがために「一ヶ月香港に滞在して広東語を学ぶツアー」に参加した。参加者十三名が宿泊先のホテルからバスで語学学校に運ばれ、午前中の広東語の授業とボートツアーや飲茶、カラオケなどの午後の課外学習?をこなして、またホテルに送り返される毎日。広東語にも興味がなく、香港ヲタクでもなかった私は午後になると目が輝いた。それなのに、ツアーが終了すると、私ひとりが香港に残ることになった。ツアー主催者であった語学学校から、日本語教師として採用したいと引き留められたのだ。

その語学学校の校長の紹介で羽仁未央さん(両親は羽仁進と左幸子)と出会った。飲茶をしたり、私の日本語の授業にゲストとして参加してくれた。「香港は香港映画のようにすべてのルール違反が起こる場所で、そこに強烈に引きつけられる」「香港では生きていることがむきだしで、それが感動的で美しいと思う」。香港を愛した彼女の言葉は力強かった。早世されたのが残念でならない。

六ヶ月が過ぎて新しい年を迎えた頃、激しいホームシックに襲われた。小さめのホームシックは何度か経験していたが、気づいたら私はスターフェリーに乗っていた。香港島と九龍半島を結ぶフェリーだ。窓越しに、翼を広げて力強く進んで行く飛行機が見えた。あれに乗れば日本に帰れる、と航空券も持っていないのにひたすら空港を目指していた。あれから三十年以上が経つが、今でもスターフェリーに乗ると甘酸っぱい思いが私の胸をいっぱいにして、目頭が熱くなる。あのとき、夜のビクトリア湾を渡るフェリーの窓に映った自分の姿は、しっかりと脳裏に焼き付いている。その自分を客観的に眺めながら、私は何を思ったのだろう。十分ほどのフェリーの道中で、もう少しここでがんばってみようと前向きになれた。スターフェリーはホームシックから卒業させてくれた愛しい乗り物となり、今でも乗るたびにやっぱりほとんど泣きそうになる。

ノレンの向こうの甘い水

スーツケースひとつで行った旅行先の香港で、そのまま働くことになった。知り合いはいない。ツアー旅行のようにあれこれ面倒をみてくれる添乗員もいない。これからは自分のアンテナを頼りに道を探っていかなければならない。

月給は八千五百香港ドル（当時一香港ドルは二十円）だった。約十七万円。日本のサラリーマンは月給から所得税が差し引かれるが、香港は確定申告だ。つまり、十七万円の中から自分で所得税を払わなければならない。また、香港の慣習では通勤交通費は自腹だ。住居はＰ語学学校がマンションの一室を提供してくれたが、若いスタッフとのシェアだった。社員寮費の名目で毎月二千香港ドルが天引きされた。必要経費をあれこれ差し引くと、食費としていくらも手元に残らなかった。

ある日、職場の近所に居酒屋を見つけた。入口に掛けられた紺のノレン越しにカウンターが見える。ここならひとりでも入りやすい。いつかその店で日本食を食べることを夢見つつ、お昼は香港式弁当のぶっかけご飯、夜はスーパーのフードコートで雲呑《ワンタン》麺かお粥を食べていた。雲呑麺の十倍近くはする高価な日本食は、安月給の現地採用の身には高値の花だった。

やがて日本食が恋しくてたまらなくなり、とうとう紺のノレンをくぐった。そして、カウンターに座った私に差し出されたのは、サンマ塩焼き定食だけではなかった。「香港で働いているの?」。そう声をかけてきたのはその店のマスターだった。P語学学校で日本語教師をしていると言うと、柔和な顔立ちのその人は「そんな会社で働いちゃだめだよ。給料が安くて有名なんだから」と、私を叱るような口調で言った。「連絡先を教えて。もっと良い仕事があったら連絡するから」。私は社員寮の電話番号を残して店を出た。これも一種のヘッドハンティング?

こっちの水は甘いぞとホタルが呼び寄せられるように、ノレンの向こうの甘い水に私も招き寄せられたかのようだった。前者は「蛍狩り」、後者は「首狩り」というわけだ。

三日やったらやめられない

一九八九年当時に勤務していた語学学校近くの居酒屋で昼食をとり、日本人の店主に言われるまま電話番号を残して店を出た。それからは時計が勝手に針を進めていくように、在港駐在員を探しているという会社からオファーがあり、日本の本社の社長が面接に来るという。

天井から床までのガラス窓の向こうに広がるビクトリア湾、まるでパノラマを見ているような景色に息を飲んだ。社長とは三十分も話をしただろうか。「あなたを採用します」の社長の即決で、私は駐在員の職を得たのだった。温和な笑みを絶やすことのない社長はまるで癒しの光線を放っている仏像のような印象で、私はこの会社がきっと好きになるだろうと思った。

その損害保険代理店は香港に支店を持つ唯一の外資系代理店だった。仕事をするには保険取り扱い資格が必須であるため、海外駐在員であってもまずその資格を取得しなければならない。私は六ヶ月の研修期間を与えられ、すぐに東京に飛んだ。本社の管理職の方々からマンツーマンの講義を受け、保険資格取得のための試験勉強に励んだ。思い起こすと、一日中ただ講義をじっと聞いているだけの毎日は苦痛以外の何ものでもなかった。特に昼食のあと、窓から差し込む午後の暖かい日差しに包まれた中での講義は、眼を開けていることだけに全神経を集中するような有様だった。

与えられた六ヶ月の滞在期間では短すぎて、四つある資格のうち普通資格と初級資格の二つを受験するのが精一杯だった。二枚の合格証を手にした私は、駐在員として秋晴れの十一月に香港に舞い戻った。香港のベストシーズンのど真ん中。気候も気分もこれ以上ないほど爽快なスタートを切った。

支店長が「物乞いと駐在員は三日やったらやめられないって言われるのですよ」と言った。借り上げ社宅が提供され、所得税も会社払い。一時帰国のための航空券が毎年支給され、通退勤にはタクシーの使用が許される駐在員。その幸運を掴んだことがにわかには信じられなかった。

ある朝、オフィスの冷蔵庫を開けると万能ネギが一本横たわっていた。やがてお昼になると、経理担当のK嬢が旅行用の電気鍋を足下に置いてお湯をわかし、インスタントラーメンを放り込んだ。つぎに冷蔵庫から万能ネギを取り出して、切りもせずに鍋に突っ込んだ。それから右手を長く伸ばし、椅子に座ったままの姿勢で足下の鍋を箸でかき混ぜること三分。でき上がったネギ入りラーメンをズズッとすすり、K嬢はランチを終えた。職場で、それも自分の席で自炊をしたのは後にも先にも彼女だけで、私には忘れられない光景だ。

香港の宗主国だったイギリスは、社会保障制度を十分に整備しないまま香港を手放した。自分の身は自分で守らざるを得ない香港人は、びっくりするほど働き者だ。そのため、朝もお昼も手軽な食事で済ませる人が圧倒的に多い。

香港で働き始めて間もない頃、お昼をどうしようかと歩き回っていたらテイクアウト専門の食堂を見つけた。広東語は知らないので、黙ってメニューの一番上の「油鶏飯」を指差すと、醤油ダレに漬けたチキンが乗ったご飯が出てきた。翌日はメニューの二番目を指差して、それを買った。次の日は三番目に挑戦、その次の日は四番目というぐあいに、毎日通って順番に頼んでいたら、カウンターの中の青年が読み方を教えてくれるようになった。おかずはゴーヤと牛肉の炒めものや揚げた白身魚とパプリカのあんかけなど数十種類もあるが、それをご飯にたっぷり乗せる「ぶっかけご飯」が香港のお弁当だ。こうして私は数十種類のお弁当を胃に収めると同時に、広東語の発音も記憶装置に納めた。

メニューが読めるようになって、私はひとりでも怖じ気づくことなく食事ができるようになり、香港で暮らしていく自信を得た。実務を通して行う職業訓練をＯＪＴ（on-the-job training）と呼ぶが、私は広東語を「ぶっかけご飯」訓練、つまりＯＲＴ（on-the-rice training）で習得したわけだ。

寂寞《じゃくまく》はちまき

近所にイタリアン・レストランができた。ある日曜日、その店でラザニアを持ち帰り用に頼み、レジで支払いを済ませると、イタリア人の店員が「ひとり分だけなの？家でひとりで食べるの？」と聞く。「そうよ」の返事に彼女はため息をつき、私に提案した。「ここで食べていったらどう？まわりに人がいるから寂しくないわよ」と。

韓国語の授業では、しばしば先生から「週末は何をして過ごしたの？」「この授業のあとの予定は？」などと質問される。それに答えるうちに、私がひとりで行動することが多いと先生が気づいたようで、そのうち「ひとりで？」と確認されるようになった。ときどきは、「寂しくないの？」と、額に大きく「可哀想に」と書かれたような表情で泣きまねをされたりもする。

知り合いの香港人から旧正月の予定を聞かれたときのことだ。特に予定がないと知るや、「旅行に行かないの？　日本に帰らないの？」などと質問攻めにあった。「夫は仕事で忙しいし、真冬の日本は寒いので、香港でひとり静かに過ごそうと思う」と言うと、彼女はハンドバッグから紙とボールペンを取り出し、漢字を二文字大きく書いた。そして、私の顔をしばらくじっと見つめたあと、静かに口を開いた。「寂しいわね」。差し出された紙には「寂寞」の二文字が鎮座していた。

　イタリア人にも韓国人にも香港人にも、寂しくて気の毒な人だと心配してもらっているようだが、私の趣味のひとつは人間観察で、これはひとりで楽しむに限る。そういえば彼らには、大勢でわいわいがやがや食事をするのを好む国民性を持つ、という共通点がある。

　「寂寞」といえば、雪深い北海道を汽車で旅した石川啄木が詠んだ歌がある。

「寂寞を敵とし友とし　雪のなかに　長き一生を送る人もあり」

啄木が香港でにぎやかな飲茶を楽しんだあとなら、こんな歌を詠んでいたのではあるまいか。

「寂寞を最大の敵とし　湯気のなかに　長き昼休みを過ごす人もあり」

日陰物

六年振りに転居した。費用の節約で、安い引越し業者を選んだ。当日、開始約束時刻になっても来ない。メッセージを送ると「Arriving」と返事がきた。「もう着く」って、香港版そば屋の出前か？ 四十分が経過して、現れたのはインド人ふたりとフィリピン人ひとり。後からポリネシア人とリーダー兼ドライバーの香港人が合流して、多国籍都市香港に相応しいチームだった。

　家具は巨大ラップでぐるぐる巻きにし、その他は段ボールとプラスチックの箱に納める。気がつくとヒンディー語のおしゃべりが止んでいる。二時間も働いていないのに、インド人たちがキッチンで車座になってお昼を食べ始めた。フィリピン人がひとり、リビングで黙々と梱包作業を続けている。午後一時をまわった頃、梱包作業終了と報告があった。ところが、浴室が手つかずの状態。スマホに熱中している輪の中からひとりがあわてて飛んできて、シャンプーや体重計を段ボール箱に無造作に放り込んだ。

さて、Wine glassesと表示され、取扱注意のステッカーが貼られた箱から出てきたものはクッションだったし、小さな箱に押し込まれて破損したプラスチック製品もあった。写真に撮って香港人リーダーに送ったら、返ってきたのは一言、「Sorry a！（ごめんなさいね）」。

十年ほど前にローカル業者を使った知人が、「梱包はせず、竹で編んだ大きなカゴに放り込まれて運ばれた。愛情がみじんも感じられなかった」と笑っていた。私の場合は、ミジンコぐらいの愛情は込めてくれたようだ。

思い返してみれば、日系業者のサービスは実に細やかだった。約束の時間に正確に作業開始。段ボール箱に番号を振ってリストを作り、中身の表記も正確だ。新居の家具の配置にはアドバイスもしてくれた。

我が家の家具の中でもとびぬけて安っぽいのが靴箱。必要に迫られ、妥協して買ったもので、気に入らないが使い続けている。前々回の引越しのとき、靴箱はドアのそばにと配置を指示したら、ダメ出しをくらった。「安く見える靴箱なので、隠して置かれてはいかがでしょうか」。

香港のやどかり　その1

二〇二一年四月半ば、香港で十二回目の引越しをした。在留三十年で十二回の引越しは、やどかりも後ずさりする多さだろう。

アジアの金融センターとして長らく一位だった香港。欧米の企業が拠点を置き、駐在員を送り込んできていた。二〇一九年の政府の統計では、人口七五一万人のうち八％にあたる約六十万人が外国人だ。内訳は、過半数がフィリピンやインドネシアから出稼ぎに来ているメイドで、残りは、かなり乱暴な統計だが、白人、韓国人、三番目に日本人。

ランタオ島のディスカバリー・ベイ（愉景灣）に居を構えておよそ十年になる。空港に近いこの町には、キャセイパシフィック航空の関係者が多く住んでいた。住んでいたと過去形になるのは、言うまでもなく航空会社が大規模なリストラを行っている故である。高額な住宅手当の支給が消え、パイロットはこの町を去っていく。航空関係者だけでなく、民主化デモの結果として中国の影響力が増した香港の将来を懸念し、駐在員を他国に移す企業もあると聞く。

世界主要都市の駐在員向けアパートの家賃ランキングで、香港は今年もニューヨークに続いて二位となり、アジアではトップを独走している。家賃を払うために働いている気さえする。やどかりが身の丈に合う貝殻を探すように、収入に見合うフラットを渡り歩く。

ところが今回は事情が違った。売るので出て行ってと大家からの契約解除だった。投資対象で家を買う人が多いため、これは香港「あるある」。大家がローンを払えなくなってフラットが競売にかけられ、突然の退去を命ぜられた知人もいる。

さあ、予期せぬ引越しと相成り、加えて左手首と背骨を骨折する事故にあう不運。せめて一ヶ月の賃貸契約延長をと大家に打診したが、家族が反対するからとつれない。心には暗雲が立ち込めていたが、旧居から徒歩十分のマンションに一目惚れする出会いがあった。家財の梱包も丸ごと業者に頼み、断捨離もできないまま、とにかく旧居をゴミと共に去りぬ。

香港のやどかり　そのII

そのIで触れたが、投資目的で家（フラット）を購入する香港人は少なくない。土地が狭い香港では供給が常に足りないという現実があり、家の値段は上がるものなのだ。余裕があれば二軒でも三軒でも買う。「家を借りるのは大家のローンを肩代わりするのと同じ。買わなきゃ損」と、香港人の友は言う。新居の大家は三十代。所有する数軒の家のために個人の管理会社を持っているが、本業は公務員だというから驚く。

一般的に賃貸物件にはクローゼットとカーテンの他、基本の電化製品が備え付けられていることが多く、エアコン、冷蔵庫、洗濯機（乾燥機付き）、電子レンジなどは、当たりはずれはあるものの、買わずに暮らせる。

海外引越しも珍しくない当地では、時には前住者の家具や食器が残されていることがある。賃貸契約の家具リストに記載がないものは、退居時に黙っていただいてくるという知人は、フォークやスプーンも買わずに済んでいるそうだ。いずれ帰国する定めの駐在員にはありがたいに違いない。

大家が長年住んでいた家が借りられたら、それはラッキーなことだ。床の材料や天井灯、家具などの品質が良い場合が多いからだ。私もそんな幸運に恵まれたことがある。内見に行くと、床には高価な大理石が使われ、リビングにはバカラのシャンデリアがぶら下がっていた。ダイニングテーブルは素敵なアンティークで、心が躍った。ところが、食器棚に並んでいたのはオレンジ色のカップや黄色いお皿など、給食でも使わないであろう毒々しい色をしたプラスチック製の食器ばかり。外食文化を象徴するキッチンだった。

借りる約束をした帰り際、お願いがあると大家が言う。実は犬を飼っているのだが、移民先のカナダには連れて行かないことにした。もらってくれないかと。ご縁があればと思い、教えられた検疫所に犬を見に行った。黒い大型犬がいた。ケージの中に入って良い？と聞くと、係員の顔が曇った。「触っちゃだめ。飼い主に捨てられたせいか、人を噛むんだ」。

おまけが本命

十一月半ばから始まる冬のセールは旧正月が近づくにつれヒートアップする。Buy One Get One Free（ひとつ買うとひとつおまけ）の広告にひかれて薬局に入った。シャンプーとリンスを買ったら、おまけにもう一本ずつと当日限り有効の商品券がついてきた。それを使ってボディソープを買ったら、おまけのもう一本をくれた。それから店員が電卓をピッピッと押し、「今の合計金額でボディローションが半額になるし、当日限りの商品券をあげます」。その商品券を使ってハンドクリームを買ったら……以下省略。

セールだからあれもこれも買っておきたいが、この調子だとエンドレスに続きそう。ストップをかけようと思ったタイミングで、うんざり顔の店員が言った。「きりがないから、この辺でやめる？」

デパートの靴売り場でロングブーツを見ていると、若い女性が近づいてきた。

「××ドル以上の靴を買うと、たった百ドルであの部屋履きが買えるのよ」裏にボアがついた暖かそうな部屋履きの見本が、レジに置いてある。

「上海から来たんだけど、冬はとっても寒いから母のお土産に絶対ほしいの。あなたが靴を買ったら、部屋履きは私に譲ってくれない？」「まだ靴を買うと決めたわけではないのよ」と彼女を牽制してから、ブーツを試してみた。足のサイズは合うが、ファスナーがふくらはぎの途中で立ち往生して、それ以上進むのを拒んでいる。履けない。脱ぎかけたら、横でじっと見守っていた彼女がさっとひざまづくや私の足をむんずとつかみ、もう一方の手でファスナーをむりやり押し上げ始めた。「だいじょうぶ、きっと履けるわ！」と言いながら、私のふくらはぎをブーツにぎゅうぎゅう押し込めて、ファスナーをむりやり引っ張り上げる。「痛い！　やめてよ！」と彼女の手を振り払ったが、母親のために必死な彼女の思いを感じて、怒りはどこかに消えた。彼女は残念そうに私を見限って、店員と直談判を始めた。「ねぇ、内緒にするから百ドルで部屋履きだけ売ってくれない？」

強烈な体験に呆然とし、オチを考えつかないままコラムの締切がきてしまった。

犬の気持ち

知人が犬用のサプリメント販売を始めたというので、ネットで検索してみた。キャッチコピーが「しぶしぶ元気」……え？　大丈夫か？　よく見たら「ふしぶし元気」だった。関節に効くらしい。

キャッチコピーが「犬と赤ちゃんに優しい町」のディスカバリー・ベイに住んで二十年になる。大気汚染をできるだけ防ぐため自家用車の所有が禁止されており、代わりに許されているのはゴルフカートだ。それも町全体で五百台だけと制限がある。人口約二万人の町に、信号機は一つもない。

町での私の移動手段は主に徒歩だが、さまざまな種類の犬と出会う。立ち話に夢中なアマさん（メイド）の傍らには、歩く私を羨ましそうに見つめるあきらめ顔の犬が座っている。犬の飼い主つまりアマさんの雇い主は、犬は散歩をしていると思っているのだろうが、実際は彼女たちの息抜きおしゃべりタイムの付き添いというわけだ。

西洋に飼い犬の賢さを競うジョークがある。自分の犬は毎朝、新聞と一緒にコーヒーを持ってくるとひとりが言うと、もうひとりが「知っているよ」。なぜ知っているのかと驚いて聞くと、「僕の犬がそう言ってた」。「主憂うれば犬痩す」「犬を愛さない者は紳士でありえない」などのことわざもあり、洋を問わず犬は忠実な友であるようだ。

人間同様、犬にも楽観的と悲観的の二つのタイプがあると、イギリスの興味深い研究がある。エサ入りの器と空っぽの器をそれぞれ部屋の隅に置いて犬に覚えさせた後、その中間に空っぽの器を置く。すると、楽観的な犬はエサが入っていると信じ、すぐに走って行くが、悲観的な犬は行くのをためらうそうだ。

近所を散歩していたら、四つんばいの子どもが迫ってきた。思いがけない光景に目をこすると、子どもの後ろを走る西洋人女性が言った。「驚かせてごめんなさい。娘が、犬の気持ちを知りたいから今日一日犬になるって言うのよ」と。とっても自由で個性的な子育てにまた目をぱちくり。ピンクのワンピースを着た子犬は、金髪をなびかせて、上手に角を曲がって消えた。

アマさん

家事使用人を香港ではAmahと呼ぶ。日本人は「さん」を付けてアマさんと呼ぶ。香港の人口の九十二%は香港人（中国からの移民を含む）だが、残りの八%の人種構成はフィリピン人が一位、インドネシア人が二位となっている。どちらも大多数がアマさんだ。

アマさんの賃金は、母国の大卒会社員のそれよりはるかに多いそうで、家族のみならず一族をまとめて養っている人もいる。母語のひとつが英語で、陽気な性格のフィリピン人は、西洋人や日本人の一番人気だ。

数年前、実家のことでぐったりとした気持ちを抱えていたときがあった。家のそばの百数十段の階段で、後ろから来た人が横に並んだ。「私、子どもが三人いるの。ろくに会えないまま私の稼ぎで大学まで行かせた。寂しいときは、笑ってたら何とかなった」。それから数秒間沈黙して、「あなたの背中が寂しそうだったから話しかけたの」と笑顔で言うと、アマさんはたったっと階段を駆け下りていった。クリーニング店で受け取った服をぶら下げて歩いていたら、反対側の歩道から声がかかった。「そこよりずっと安い店を教えましょうか?」と、アマさん。おまけに、「なぜこんな暑い日に歩いてるの? バス代くらい払えそうに見えるのに」。苦笑。

繁華街でフィリピン人に呼び止められ、アマを雇っているかと聞かれたことがある。彼女曰く、今の雇用先には余分な部屋がなく、キッチンの床で寝ている。身の回りのモノは紙袋二つまでと決められ、着るものも最小限。こんな生活から抜け出したいから、私を雇ってほしい。「アマさんは必要ないの。助けてあげたいけれど、ごめんなさい」と謝ったが、切ない話は星の数ほどある。

「西洋人の家では脱ぎ散らかした下着を拾うことから始めるの。日本人の家はきれいに片付いていて、私を雇う意味があるのかしら?」。友人宅でパートで働くアマさんが笑う。そういえば、「今日はアマさんが来る日だから部屋を掃除しとかなくちゃ」と友人はよく言っている。どちらがアマさんなんだか、主客転倒で可笑しい。

牡丹餅とおせっかい

何に気をとられていたのか、数年前に階段を踏み外して右足首を捻挫した。当時住んでいたマンションは建物から道に出るまでに階段がある造りだった。その日も使い慣れない松葉杖に全神経を集中させて降りていたら、いつのまにか傍らに人がいる。左手にペンキ缶、右手には刷毛を持ち、チラチラと私を見ながら同じ速度で階段を降りてくれる。「こんにちは。私は大丈夫よ」と声をかけてみたが、黙ってただ一緒に歩いてくれる。そして、私が無事に降りきったのを見届けると、また階段を上がって戻っていった。目で追うと、何事もなかったようにマンションの壁にペンキを塗っている。おぼつかない私の動作を見て、何かあったら助けるつもりで付き添ってくれたのだろう。その無言の優しさは、格別の贈りものをもらったようで、あやうく松葉杖を放り投げてスキップするところだった。

「アイスクリームは好き?」。ショッピングモールで、前からきた女性に唐突に聞かれた。「ええ、好きよ」と答えると、「今日だけタダで食べられるお店があるのよ」。とっておきの秘密を打ち明けるような声で教えてくれた。

日系スーパーの魚売り場を通りかかったら呼び止められたこともあった。「今ダシをもらったのよ。あなたの分ももらってあげる」。もらったのは、あごだしの出しパックの詰め合わせ。一樹の蔭一河の流れも他生の縁。前世でどんなご縁があったか知らないが、親切な香港人に、こうして棚から落ちた牡丹餅の分け前をいただくことがある。

珍しくトラム(チンチン電車)に乗ったときだった。満席で座れず、揺れに体をまかせて踏ん張っていた。と、立てて着ていたシャツの襟が倒され、その手が私の背中をポンポンと二回叩いた。「これでオッケー。後ろの襟が立ってたよ」。背後から高齢の女性の声がした。お気に入りの着こなしがだいなしだが、まあいいか。ここまでいったら親切というよりおせっかい?高齢の女性だけに老婆心切と言っておこう。

トイレの恩送り

タイに駐在している友人が出張でやってきた。美味しい日本食を所望されて、一押しの天ぷら店でお昼を食べた。大いに気に入ってくれて、夜も同じ店へ行くと言う。晩ご飯を終えて帰途につく頃、キリキリと胃が痛み始めた。二食連続の天ぷらは無謀だったか。

胃をさすりながら通りすがりのホテルのトイレに飛び込むと、糊のきいた純白のユニフォーム姿のお掃除係、通称「トイレのおばさん」が飛んできた。座っていた椅子を譲ってくれたあと、ちょっと待っててと言いおいて出て行った。マグカップを手に戻ってきた彼女は、それを私に握らせ、胃痛には白湯が効くのよと言う。カップを口に運ぶ私を見ながら、お腹に手を当ててゆっくりとさすってくれる。これが本当の「手当て」。お腹と心がジーンと温まる。おばさんの言う通り、次第に痛みが薄れてきた。

ショッピングモールのトイレには数人の行列ができていた。足首を捻挫していた私は、松葉杖を使いながら列の後ろについていた。すると、すぐ後に来た人が「呼んであげるから、順番が来るまで寄りかかっていて」と壁を指さす。前の人もハッと振り返って私のバッグに手を伸ばし、「持っててあげる」。

ブリスベンのデパートのトイレで、用を済ませて手洗いをしていた。「すみません」と、個室から出てきた人が誰にともなく呼びかけている。そこにいたのは私ひとり。

白杖を手にした、とても体格の良い白人女性が言った。「ジーンズを上げてくれませんか」。言われた通りにし、ベルトを締めた。感謝の言葉を繰り返しながらその人は出ていったが、私はどぎまぎしてしまい、「良い一日を」とやっと喉から絞り出した。

嘘八百

店員に話しかけようとしたら、「日本人？ 日本語が話せる同僚を呼ぶから」と待たされた。そして、やってきた同僚氏が流暢な日本語で言った。「私は日本語が話せません」。

多民族が暮らす香港では、「どこの人？」とよく聞かれる。タクシーに乗っても買い物に行っても。日に何度となく聞かれてうんざりし、「フランス人よ」なんて答えたこともある。

男は三回、女は二回。さて、何の頻度でしょう？ 答えは、ロンドン科学博物館が発表した、一日に嘘をつく回数。男の嘘のトップは、しこたま飲んでいるのに「そんなに飲んでいない」。女の方は、心配して言葉をかけられたときに返す「大丈夫よ」だそうだ。また、新しい服を見つけられたときの言いわけとして使われる「セールで買ったの」と「前から持ってるの」が、女特有の嘘として挙げられている。う〜ん、耳が痛い。この調査は、男の方が嘘つきで罪の意識が薄いが、女はうまく嘘をつき、嘘を看破するのにたけていると結論づけている。調査対象はイギリス人だけど。

二〇〇八年四月一日。イギリスのBBCが、ビッグ・ベンの大時計がデジタル化されるため、不要になった針をプレゼントすると報道した。この嘘ニュースを見破れず、実話として扱った国がいくつかあったと話題になった。

エイプリルフールの嘘では、「スパゲティの木」の話が出色の出来だ。これもBBCで、スイスでスパゲティが豊作だというニュースを、木から大量にぶら下がったスパゲティを収穫する映像付きで流した。スパゲティの木の栽培法を信じきって、トマト缶にスパゲティを差し、水をやる人までいたそうな。

緑の人が走る非常口のマークは日本人のデザインによるもので、国際規格「ISO7010」で認証されたシンボルマークだ。このように、製品やサービスなどには、質を保証する国際的な認証制度としてのISO規格がある。そこで、エイプリルフールの嘘にも認証制度を設け、優れた嘘を後世に残していくことを提案したい。嘘の認証だけに、規格はもちろん「USO800」。

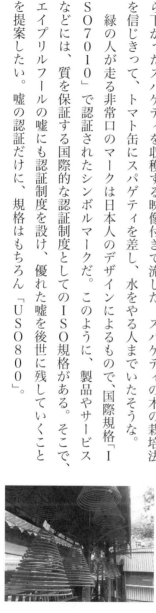

顔がない男

香港にいながら、四ヶ月も続いているデモ活動の現場を実際に見たのは一度だけだ。ＳＯＧＯ前の交差点に数百人の若者がただ立ちつくし、車両の通行妨害をしていた。やがて「勇武派」と呼ばれる過激派が生まれ、地下鉄の設備や親中派の店舗を破壊し始めた。幸い、日本のニュースで繰り返し流される映像のようなことは私の生活圏では起こっておらず、不便なことはあるけれど、危険を感じることは皆無だ。

「香港人の男性は優しくてお金持ち。宝飾店で「ほしい」と指さしたものは全部買ってくれるらしい。香港人のカレシがほしいなあ」。観光で来た二十代の香港ヲタクがのたもうた。賃上げ率が毎年十％を超えた一九九〇年代の話だ。香港人は、一ドルでも賃金が高い職場を探しては頻繁にジョブホッピングをした。植民地で生まれ育った香港人には、拠り所となる母国がなかった。社会保障もなく、頼れるのはお金だけ。

　定住を決めた一九八八年、旺角《モンコク》にあった小さな日本語学校の経営者と知り合った。「言葉も文化も違う香港人と結婚するなら、お金がすべてよ。お金のない香港の男は顔がないのと同じよ」と、その五十代半ばの日本人女性は「梅川忠兵衛」のセリフ(金のないのは首のないのに劣る)のような物言いをした。今、香港人に母国と呼ばせる国は共産党一党独裁国家だ。一国二制度のもと五十年間の期限付きで民主主義制度が約束されたが、二〇一四年の雨傘運動、また二〇一五年の銅鑼湾書店事件（店主たちが共産党を批判する書籍を出版・販売し、中国政府に拘束）を経て、香港人は、実のところよくわかっていなかった民主主義における「自由」というものをようやく理解したと思える。

　中国では顔認証システムの普及が著しく、例えば赤信号で横断歩道を渡ると、即座に備え付けのスクリーンに顔と個人情報の一部がさらされたりする。香港のデモ参加者がマスクや覆面で顔を覆い、アノニマスになろうとするのは当然と言える。二〇一九年、お金ではなく「自由」を手に入れるために、香港の男は顔をなくしている。

幻のイカ工場

恭賀新年！丁酉鶏年。今年は一月二十八日に旧暦の元日を迎えた。

二十七年前、駐在で香港に赴いた。日本人が二人、香港人が八人の小さなオフィスだった。社内の共通語は英語だったが、たまに覚えたての広東語で指示を出す私に、皆が首を傾げる。そんなときに決まって誰かが言う言葉は、「鶏同鴨講《ガイトンアプゴン》！」ニワトリとカモの会話の意味で、鳴き声が違う鳥が話をしても通じないというわけだ。

上司を交えての会食で、香港人が頭が付いたままの鶏の丸焼きを頼むことがある。鶏は回るテーブルの中央に乗せられ、そのテーブルを皆で大騒ぎで回す。テーブルの回転が止むと、鶏の頭が指す人に向かって「クビになった」とはやす。ずっと昔、雇い主が、クビにしたい者に鶏の頭を向けてさりげなく宣告した名残りと言われ、毎回おおいに盛り上がったものだ。

「クビにする」の意味では、「炒○魚（○は魚偏に尤。チャウヤウユ）」がよく使われる。文字通りに訳すと、イカの炒めもの。昔々、解雇された住み込みの従業員は、自分の布団をくるくると丸めて、それを抱えて出て行った。その様子から、炒めたイカがくるくると丸まることを連想して生まれた表現だそうだ。

イカには笑えない笑い話がある。二〇〇七年に発覚した、いわゆる年金記録問題のときだ。私にも「ねんきん特別便」が届いたが、記録がまるでおかしい。日本の相談窓口に電話をかけたら、今までの勤務先と勤務の開始日および終了日を尋ねられた。私のデータは分散してしまったようで、電話口の彼女は私の記憶をもとにコンピュータでそれを探しているようだった。

すべて申告し終わって次の質問を待っていると、「まだありますよね？」と促された。「忘れていませんか？　高校を出てすぐ務めた会社」「北の方ですよ。海の近く」と畳み掛けてくる。じれったそうな気配を感じる。高校のあとは大学に……と言いかけたとき、痺れをきらした彼女が言った。「東北の、イカの加工場で働いてたでしょ！」。

写真に幸あれ

香港人スタッフが休暇旅行を終えてオフィスに戻ってくる日は、数百枚におよぶ写真の感想を述べる苦行の日だった。ホテルのベッドに寝転んだり、髪をなびかせて浜辺でポーズを決めた写真に、素敵！　女優みたい！　まるで映画のシーンね！　などなど。頭をフル回転させても褒め言葉の在庫が尽きて、沈黙し、気まずい空気が流れたこともあった。香港人の写真好きは、住んで初めて知ったカルチャーショックのひとつだった。

親しい友だちを家に招くと、香港人は家中をくまなく見せる。寝室に入ると少したじろぐのは、壁に掛けてある巨大な写真のせいだ。額の中には結婚式の衣装の二人がいたり、厚化粧に胸の開いたドレス姿の友だちがいたりする。あんなに大きな自分の顔を毎日見るなんて、勇気があるなあ。

一八二六年にフランス人によって世界で初めての写真が撮られたが、八時間もかかったそうだ。写真を撮られるとき、フランス人は「cuicui《キュイキュイ》」と小鳥の鳴き声で笑顔を作ることがある。一枚を撮影するのに長い時間を要した時代には、ここから小鳥が出ますよと言ってレンズに注目させていたのだろうか。

英語圏では、カメラを向けられると「cheese」や「smile」と言って笑顔を作る。「whisky《ウィスキー》」も使われるが、ドイツの「Bier《ビール》」、メキシコの「tequila《テキーラ》」と同様に、何度も撮り直しをしていると酔っ払ってしまいそうだ。オーストラリアでは、陽気に「cheers（乾杯）」と言っていた。タイに行くとアルコールが抜けて、「ペプシ」で笑顔になる。

「写真を撮ってくれませんか」と、カップルに呼び止められた。「私たちキスするけど、驚かないで撮ってね」。渡されたスマホを向けると、すでにキスを始めている。とっても焦って、大声で「one、two、three」と叫んで、カシャッ。巨大サイズに引き伸ばされて寝室の壁を飾るのか、それとも破り捨てられて涙とともにゴミ箱行きか、あの写真の行く末がちょっと気になる。

水虫の国籍

二〇一四年三月の改訂版から、Oxford English Dictionary に「Hongkonger」と「Hong Kongese」というふたつの単語が加わった。イギリスの植民地だった間は、Nationality（国籍）を問われると、多くの香港人が British Chinese（イギリス領の中国人）と答えてきた。それが、中国返還後は Hong Kong Chinese（香港居住の中国人）に変わった。

しかし、異なる文化や政治環境の中で暮らしてきた香港人と中国人の反りが合わないのは当然で、香港人は「我々を中国人と呼ばないで」とさまざまな形でキャンペーンを張り、世界にアピールしてきた。その願いが成就して、ついに「香港人」というアイデンティティを獲得した。Hongkonger と Hong Kongese は、どちらも香港で生まれ育った者、あるいは香港に居住する者を意味する。

ポリエチレンで咲かせた造花は香港フラワー。A香港型インフルエンザウィルスは、一九六八年以来、冬になると必ず現れる。これらは香港人よりずっと前に香港籍を有し、世界に知れ渡っているものたちだ。

ここでもうひとつ、知名度は低いがインパクトのある香港生まれを紹介したい。

英語で athlete's foot、日本語で水虫と呼ばれるものだ。話はアヘン戦争に遡る。一八四一年にイギリス軍が香港を占領し駐留を始めると、兵士たちの多くが脚（足）の痒みを訴えるようになった。それは湿度の高い香港の気候に起因すると考えられ、Hong Kong foot（香港脚）と名付けられた。兵士たちの症状がほんとうに水虫によるものだったのか、実は定かでないようだが、香港と台湾では香港脚が脚癬（水虫）の俗語として定着している。

この香港脚だが、黄霊芝《コウレイシ》氏が著した「台湾　俳句歳時記」に「暑い頃」の季語として記載されている。

スリッパを　穿くまじく穿く　香港脚　　黄霊芝

香港脚　飲茶の鶏足　確認し　　黒山羊川柳

走れニンニク爺さん

「超甜橙」「菠蘿油」「辣辣椒」「炸魚薯條」。順に、超甘いオレンジ、パイナップル油、辛い胡椒、そしてフィッシュ・アンド・チップス。何のレシピかと誤解されそうだが、すべて香港の競走馬の名だ。「超甜橙」なんて、疾走するたびにさわやかな余香が漂うようだ。目をこすって二度見したのが「蒜頭爺爺」。なんとニンニク爺さん！　爆笑。馬が広東語を解さなくて幸いだ。

馬に相応しい名前を探してみよう。「好健康（とても健康）」は速く走れそう。車に例えた「駿撃快車」は出足が鋭い感じがする。それに比べて「心思熟慮」は、思慮深いあまりスタートが遅れそうではないか。「點解（なぜ？）」に至っては、なぜ今日も走るのかと哲学する馬の顔が浮かぶ。

他の動物を拝借した名もある。「金鹿」は跳ぶが如くに走りそうで納得できる。「牛魔王」や「兄弟熊」は強そうだが、なぜか「盈如奇猫（ネコのようだ）」

もいる。確かにネコには瞬発力があるが、レースの途中で気まぐれに顔を洗ったりしそうで可笑しい。

遡ること十八年。年初の吉凶をみる占いで、一九九八年は寅年生まれにとって最悪の年になると予想された。香港警察では、該当する者に「午年生まれのふりをするように」と忠告した。寅が干支の警察官は、その年は馬のチャームがついた装飾品を身にまとって過ごしたそうだ。馬が運気を上げる縁起の良い動物とされている所以か。

南京条約に基づいて香港がイギリスに割譲されたのが一八四二年。その三年後の一八四五年には初めての競馬が開催された。エリザベス女王も一九七五年と一九八六年に香港の競馬場を訪れており、宗主国イギリスの競馬への特別な思いがうかがい知れる。

一九七〇年、日本で「走れコウタロー（歌：ソルティー・シュガー）」が大ヒットした。これからは、気分が晴れないときは「走れニンニク爺さん」と歌ってみようと思う。

飛騨高山のグラノーラ

「二十四時間待機をお願い」　香港人のエミィが日本へ行くときは、決まってこう頼まれる。彼女が日本に旅行中、私は携帯を離せない。

あるとき、寝入りばなをWhatsAppのメッセージ着信音で起こされた。「もう一つ枕がほしい」　私はマイクをオンにして、「枕をもう一ついただけますか」と吹き込んで返信する。エミィはフロントに行って携帯をかざし、それを再生して聞かせる。水戸黄門の印籠式通訳とでも言おうか。

東京の民泊に泊まったときは、「部屋に誰かの荷物がある」と震える声で第一報があった。民泊のオーナーを問い詰めると、見覚えのない荷物なので合鍵を作られた可能性があると言う。日本語を話さないエミィをあのときほど心配したことはなかった。

「ゴミはどこに捨てるの？」　民泊中のエミィから質問だ。スーパーで和牛の霜降り肉を買い、部屋でしゃぶしゃぶをしたそうだ。「どこかに書いてないの？」と返したら、「日本人なのにわからないの？」たまに口論になることもあるが、二十四時間待機が二十八年も続いている、姉妹のような仲だ。そのときは、肉を買ったスーパーのゴミ箱まで捨てに行ったと言っていた。

昨年、エミィは連れ合いと飛騨高山を旅行した。「グラノーラがない」と、泣いている絵文字で終わるメッセージがきた。電話すると、山頂近くの宿から、雪が降り始めたカーブの多い山道をレンタカーで恐る恐る下ってコンビニにたどり着いたのに、「なぜグラノーラを売っていないの？」と怒っている。「売れないからかな」と言うと、「健康志向の日本人がグラノーラを食べないなんて変よ」と機嫌が悪くなった。「西洋では健康食よ」と八つ当たりする彼女を、「町の大きいスーパーで探してごらん」となだめた。

さて、翌日のチャット。「町のスーパーにグラノーラがあった！　朝食はもちろん部屋でグラノーラ！」と喜んでいる。「日本食が大好きだから日本人に産んでほしかったと、何度も母親を困らせた」はずのエミィは、飛騨高山で消えた。

チョッチンヤッテン

日本からやって来て、今ではすっかり香港の食卓に馴染んでいる食べものがいくつかある。うどん、えのき茸、カニカマもそんな食材だ。うどんは広東語で烏冬と書き、近ごろは讃岐烏冬が人気だ。えのき茸はその色から金菇(golden mushrooms)とも呼ばれ、お祝い料理に欠かせない縁起物となっている。蟹柳は棒状の蟹の意味で、つまりカニカマ。シーフードを好む香港人の胃袋をしっかりと握っており、韓国産や台湾産のものも出回るようになってきた。

数年前、香港人の友人が二人の姉と連れ立って仙台に行った。白山羊さんに案内された朝市通りで、長姉が特大パックのカニカマを買った。ホテルに戻ってパックを開けた長姉は、カニカマを一本引っ張り出して下の妹に、そして次の一本を末の妹にあげた。それから満面の笑みを浮かべたあと、残りのカニカマを一気に平らげたそうだ。「信じられないわ。私たちに一本ずつしかくれなかったのよ」と、友人は大笑いしながら続けた。「いったいカニカマは何本入ってたと思う？」。大きなパックには、なんと百二十本のカニカマが入っていたそうだ。独り占めしたくなるほど香港人に好まれているカニカマだが、それ以上に愛されている日本生まれの食べものがある。

前述の友人との長旅の帰途、飛行機の窓越しにキラキラと輝く香港の夜景を目にした瞬間、私の脳裏には「あったかいご飯と味噌汁」が浮かんだ。そのとき、隣席の友が、「早く帰ってチョッチンヤッテンが食べたい」と呟いたのだった。

チョッチンヤッテンは出前一丁の広東語読みだ。日清食品の出前一丁は、これほど深く香港人の食生活に入り込んでいる。出前一丁のキャラクターである「出前坊や」は、香港ではメーカーの社名の一字をとって「清仔《シンジャイ》」と呼ばれている。日本で出前一丁が発売されたのは一九六八年だそうで、今から四十六年前になる。それを知って、ユーモアあふれる友が言った。「清仔は今年で四十六年前に四十六歳ってことになるけど、とてもそんな歳に見えないわ。日本人は若く見えるのね！」

ナポレオンのせい

小学二年生の夏休み、家族で海で遊んでいた。泳ぎが達者だった父は、私を乗せたゴムボートをつかんで沖へ沖へと泳いでいった。とつぜん波を受けてボートが逆さまになり、私は仰向けのまま海底に落ちていった。太陽がすうっと遠ざかっていく光景がトラウマになって、海では泳げなくなった。

香港で一番きれいな景色を見にいこうと誘われて、ハイキングに出かけた。群生する天人花《テンニンカ》を愛で、通せん坊する野牛たちをよけながら山道を歩いていくと、眼下に白い砂浜と青緑色の海が忽然と現れた。自然の豊かな色彩の妙に言葉が出ず、陽を受けてラメを散らしたような海面を飽きずに眺めた。

砂浜と山の境には細長く取り残された海があり、その先にレストランがある。レストランまでは、古い板を縦に継ぎ足した橋を渡る。全長二十五メートルほどの簡素な橋に手すりはなく、歩くと揺れる。ハイハイするように這って渡る人もいるほど不安定だった。その橋の途中で振り向いて写真を撮ってもらい、回れ右して先に進もうとしたとき、バランスを崩して海に落ちた。山歩きの装備のまま、帽子までしっかり海水に浸かった。「やっちゃった。どうしよう」。水の中では冷静に困っていた。

落ちるときに板でこすれた左脚の擦過傷は、二週間経ってやっとカサブタになった。打撲傷もあったが、恥ずかしさと、水を含んでなかなか乾かない下着と靴で残り七キロを歩き続けた気持ち悪さが優っていて、しばらく痛みは感じなかった。ユーモアのセンス豊かな同行者は、助ける方に気がいって決定的なシャッターチャンスを逃したと悔しがっていた。次回があれば、魚をくわえて一気に水面に飛び出すパフォーマンスでもやってみよう。

興味半分、いや好奇心九分で前世をみてもらったことがある。ナポレオンの軍隊の下士官だったそうだ。追われて洞窟に入り込んで海に落ち、敵に喉を撃たれて死んだらしい。その死に方のせいで海と相性が悪いはずと、占い師は言った。私が海に落ちるのはナポレオンのせいなのだ。後世の人間から恨まれるストレスで、ナポレオンはあの世でも胃痛に苦しんでいるのだろうか。

ババ友

仕事で外出した帰り、地下鉄（MTR）の優先座席に座った。コロナ禍でマスクを付けていても、隠し切れないおでこのシワが誰にも文句を言わせないはずだった。次の駅で高齢の女性が三人乗り込んできて、そのうちのひとりが私の隣り（これも優先座席）に座った。そして、LINEメッセージで業務連絡をしている私をちらちら見ている。一段落ついて私がスマホを膝の上に置くと、待ってましたとばかり「◇△○□…」。どうやら広東語でお説教をされているようだ。何を怒っているのだろう？

「英語で話していただけますか？」とお願いすると、「The seat you are sitting on is a priority seat. Do you know it is not for you?」。シワの中に埋もれた目をキッと私に向け、きれいな英語で言った。「私には優先座席に座る資格があります」と返すと、一瞬目を見開いたあと、「どこから来たの？」。「日本人です」

「まあ！　今までに何度も言われたでしょうけど、どうして日本人は若く見えるのかしら？」。住まいはどこ？　香港に来た理由は？　今も働いているの？　矢継ぎ早に質問を繰り出したあと、その人はバッグからスマホを取り出した。

「友だちになってくれませんか？　あなたの携帯番号を登録して良いかしら？」。香港人に人気のメッセージアプリ〝WhatsApp〟に登録しようと格闘するが、なかなかうまくいかないようだ。私の降車駅に停車する直前にどうやら成功。〝Nice meeting you.〟の声に〝Let's keep in touch.〟と手を振って別れた。黒いスーツ姿の品の良い人だった。

セリーナは、その日以来日々英語で短いメッセージを送ってくる。そのたびに私は「広東語では何と言うの？」と聞く。例えば、Have a good day! の広東語は〝There is no direct translation. All we can say is 生活愉快〟だそう。

このところ胃の調子を崩している私を飲茶にも誘ってくれた。正直にそう言って断ると、「魚が入った中華のお粥を食べたらきっと良くなるわ」。医食同源、薬食帰一が身についている香港人ならではのアドバイスだ。ほやほやのババ友のセリーナと私。「犬と猿」になるか「魚と水」になるか楽しみでもある。

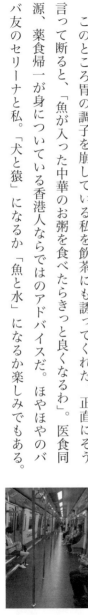

香港以前

ずうずうしいオードリー

父が転勤族だった関係で、東京で生まれ姫路や大阪で暮らした。東京の大学を出たとき、実家は仙台に移転していた。私の社会人としての第一歩は仙台で始まった。

週に何日かは、会社が退けてから英会話学校に通った。初回の授業で、袖がふんわりふくらんだ、まるでエルビス・プレスリーの衣装のようなシャツを着込んだ若いアメリカ人の先生が、各自英語名をつけるようにと言った。

私の青春はアメリカへのあこがれ一色だった。「パパは何でも知っている」「アイ・ラブ・ルーシー」などのドラマでモノがあふれる生活に目が釘付けになり、「恋愛専科」や「パームスプリングスの週末」の主演を務めたトロイ・ドナヒューに熱を上げた。彼が歌う、音程が外れた「恋のパームスプリングス」を繰り返し聴いては胸を焦がしていた。私がアメリカ人になるとしたら、彼の妻だったスザンヌ・プレシェットに決まっている。

　自己紹介が始まった。スティーブだのメアリーだのナンシーだの、にわかアメリカ人が誕生していく。私の番がきた。深呼吸して「マイ　ネーム　イズスザンヌ」。そうやって進んでいくうちに、オードリーと名乗る人がいた。反射的に顔を見た。だって、オードリーですよ。あの大女優、世界の恋人オードリー・ヘプバーンの名前を拝借する人がいるなんて。ずいぶんずうずうしい人だなぁと、なんだか感心した記憶がある。スザンヌとして過ごす英会話学校は楽しかった。残業が多い仕事だったが、その日だけはとっとと職場を飛び出した。

　ある日授業が終わって帰り支度をしていると、つかつかと私に近づいて来る人がいる。「良かったらお茶でも飲みませんか」とずうずうしいオードリーが不愛想に、でも有無を言わせない口調で言った。オードリーとスザンヌはいつしか白山羊と黒山羊に変身し、その日から数十年を経た今でも親しい友人でいる。オードリーこと大島真理さんには心から感謝している。あのときナンパしてくれて本当にありがとう。

仏男子

お茶くみはOLの私に与えられた仕事の一つだった。来客にはもちろんだが、朝一番の煎茶と午後三時のコーヒーは男性陣に。Aさんはブラック、Bさんは砂糖だけ、Cさんは……注文を反芻しながら給湯室に走ったものだ。

ある年、本社で永年勤続の表彰式があり、その写真が社内報に掲載された。勤続二十五年の表彰状とご褒美の腕時計を手に、女性社員が社長の横で笑顔を見せていた。私は愕然とした。その先輩と同期入社の男性たちは係長、課長といった肩書を持っているのに、彼女は「事務員七級」だと知ったからだ。「ガラスの天井」という言葉はまだ生まれていなかったが、サラリーマンでいたら大切な人生の多くの時間をお茶くみ、そして表彰状といくばくかの退職金と引き換えることになるのだと、二十代半ばの私は気づいた。

アラサーで始めた英語塾が軌道に乗り始めた頃、保護者会を開催することにした。塾生は百名を超えていて、自宅六畳間の教室ではどうにもならない。そうだ、どこかの会議室を借りに行こう。会議室をお借りしたいとお願いする私に、取引銀行の支店長は「社長は来ないの？」と一言。「私が社長です」と言うと、「女の社長？　男はいないの？　男を連れてきて」と、にべもない。受けて立とうじゃないか。すぐに連れていける知り合いはいたっけ？　英語でかっこよく歌いたいからと入塾したロックバンドのヴォーカルは女物のサンダルを履いてチャラチャラしてるし、行きつけの美容室の美容師は多忙だし。翌日、再び支店長に面会した私は、開口一番「男を連れてきました」と言った。おもしろい！と、この作戦に乗ってくれた七十代のマンションの管理人を連れて。

最近になって、「仏男子」という言葉を知った。独りでいることを好む男子を指すようだが、即座に私の脳裏に浮かんだのはあのときの管理人の姿だ。めったに着ないというスーツ姿で、最後まで一言も発せず、まるで仏像のようにソファに座っていた。つまり、私にとって仏男子とは「座っているだけで役に立つ男」。

花田兄弟

二十代は休日を映画館で過ごす昭和のＯＬだった私。アラサーで塾を経営しようと思い立った。経緯は省くが、その日私は近所の小学校の正門前にいた。下校を告げるチャイムが鳴り終わり、児童がまっしぐらに駆けてくる。そのかたまりに向かって手招きし、数人が集まったところで、「私はこの塾の先生です」と首からぶら下げたボードを少し持ち上げて言った。学校から我が家までの道順をイラストで示した手書きの地図だ。「あんたが先生なの？」と、四年生くらいの男の子が小生意気な声で続ける。「アタマ悪そうじゃん」。「どうかな。来ればわかるよ」と、返した。無料体験レッスンの案内をしたあと、「来たい人は？」と聞くと、さっと数人の手が挙がった。翌日午後三時、ドアを開けると五人の子どもが待っていた。

資金がほとんどないまま塾の開設に突っ走った。渋谷のＤＩＹの店に行き、二人が並んでノートを広げられる大きさの細長い板と金属製の脚を七セット買った。ひとりで作った折り畳み式座卓テーブルは上出来で、畳の六畳間にそれを並べ、椅子代わりの座布団を置く。塾というより寺子屋なのだった。

一年が経ち、塾生が百二十人を数える頃、「先生は花田兄弟って知ってる？ここで勉強したいんだって」と、古株が言う。「お父さんは貴ノ花関？」と聞くと、「そうだよ」。同時にブーイングが起こった。「やだよ、ボク」と、数人がほっぺを膨らませている。「先生は知らないと思うけど、花田兄弟はすぐ殴ってくる」「負けそうになると、お父さんに言いつけるって言うんだ」「ボクは花田兄弟が入ったらやめるよ」などなど。「わかった。正式な申し込みがあったらお断りする」と私が言い、いろいろあるんだねとクラスを見回すと、笑顔が見えた。

花田兄弟長じて若貴兄弟を教えていたら、どんなドラマが起こっていたのだろうか。お断りするなんて偉そうに言ったけれど、あの体格だ。座卓に座布団では、向こうからお断りだったはず。決まり手「肩透かし」を食って塾の負け。

エリザベス

この世で一番美しい名前は……そこまで言って、ブロンドのアメリカ人は息を吸う。それを吐き出すように「ヘレン・エリスよ」と続けて、うっとりした表情を浮かべた。「なんて美しい響きなのかしら」。それ以来、彼女をエリと呼ぶことにした。通りに外人がいたと、落とし物でも届けるように近所の人が私の塾に連れてきたのがエリザベスだった。他人に気遣いの少ない環境が肌に合わず、アメリカには居場所がなかったと言う。日本の文化に触れる機会があって、自分の国だと直感したそうだ。

エリの部屋はこれ以上ないというほど殺風景だった。家具はステンレス製のスーツケースだけ。それは広げると三面になり、ワンピースがハンガーごと掛けられる高さがあった。これが全財産なのとエリは微笑んだ。小学生の頃から見ていたアメリカのドラマや映画には、夫婦ゲンカの末にクローゼットの衣類を乱暴にスーツケースに放り込み、それを手に妻が出ていくシーンがたまに登場した。子どもの私はそれにいたく心を惹かれた。アメリカ女性はスーツケースひとつで生き直すのだ。潔い！と。

ニューヨークでは刃を出したナイフを左腕に隠して、前後左右を確認しながら帰宅していたし、朝は転がっている死体を跨いで出勤したこともあった。日本はほんとうに安全ねと喜んでいたエリから涙声で電話が入った。「昨日からホテルにいるの。すぐ来て」。彼氏にアパートの階段から突き落とされたエリは震えていた。

エリはアメリカでは戦場カメラマンだった。彼氏と別れ平穏な日々が続くと、また戦場に行きたい思いが募ってきたようだった。CNNに採用されたのは私が香港に移る数年前のことで、細い体に四十キロを超える撮影機材をかつぎ、スーツケースとともにマニラに飛んでいった。

日本語には興味を示さなかったエリだが、外食をすると必ず披露したセリフがあった。箸袋を雑に丸めて、ちょっと持ち上げてこう言うのだ。「つまらないものですが、ゴミ上げ（おみやげ）をどうぞ」。

人生とは出会いである。その招待は二度と繰り返されることはない。

私の塾生は子どもだけではなかった。中学の教科書を復習する看護師もいた。勤務先のクリニックは新宿末廣亭の近くで、落語家も来ると言う。当時寄席通いをしていた私は、彼女が仕入れてくる楽屋話が楽しみだった。レッスン後は、彼女が抱えてくるビールを飲みながらおしゃべりに興じた。勉強は口実で、彼女は話し相手がほしかったのかもしれない。

英語でロックを歌いたいから発音教えてもらえますか？ と、女物のサンダルを突っかけたロックバンドのヴォーカルも来た。「オレら一応プロなんです。売れてねーけど」と恥じらう様子が可愛らしくもある。楽しそう。二つ返事で引き受けた。週に一時間、カセットテープ（懐かしい）から流れるロックンロールに合わせて声を張り上げる、にぎやかなレッスンだった。

一方、町内会でも新たな出会いがあった。アメリカ人のエリザベスと入れ替わりでやってきたのが李さんで、中国青島からの国費留学生だった。生活の助けになればという思いから、町内の有志三人で北京語を習い始めた。ある日曜日の朝、「チャイムの音でドアを開けると李さんの笑顔があった。「餃子を作ってあげます」と、返事を待たずに入ろうとする。他人を訪問するときは約束が必要ですよと言うと、彼の返事は明るかった。「中国では、友だちの家にはいつ行っても良いのです。友だちは家族と同じですから」。

開塾して七年が過ぎていた。まったく休暇が取れない状態が続き、体が悲鳴をあげつつあった。逡巡したあげく、ある友好団体を訪ねた。一ヶ月ほど中国に滞在できるかと聞くと、なぜ中国へ？と怪訝な顔を向けられた。北京語を習っているからと付け足す私に、受付けのTさんはきっぱりとこう言った。「あなたに中国は向いていないと思います。香港に行ってみませんか」。Tさんは、その言葉が私の人生を大きく変えることになるとは知るはずもなかった。

（タイトルはハンス・カロッサの言葉）

Gobbledygook

一時帰国の折、役所に書類の届け出に行った。現住所の欄には、香港の住所を日本語にして「××、ディスカバリー・ベイ、ランタオ島、香港」と書いた。これが、闘いの開始を告げるゴングだった。

「日本の書類なので、国、県、町、番地の順番で書いてください」と、パンチが飛んできた。「外国の住所だから、日本と同じようには書けないですよね？」と言い返したところに、強めのパンチ。「日本の規則に従ってください。香港は国ではないから、中国から始めて、県や町も付けます」。こめかみの血管がブチ切れた私は、ついムキになった。「国際的には香港で通ります。中国から始めるのなら、香港特別行政区が正しい表記だとご存知ですか?」。負けずにパンチを繰り出してみたが、かすりもしない。「ディスカバリー・ベイ(Discovery Bay)？日本の住所に中点は使いません」とカウンターパンチを食らい、あえなくダウン。私の住所は、「中国、香港特別行政区、ランタオ島県、ディスカバリーベイ町、××」で受理された。

なぜ県や町が要るのか、意味わかんな〜い。珍紛漢紛！Gobbledygook！本来は専門用語などがわかりにくいときに使う言葉だが、こんなときにも適言。gobbleは、七面鳥のオスの鳴き声のオノマトペアだ。ガブルガブルと理不尽に攻めてくる彼女の顔を七面鳥にすげ替えて、溜飲を下げた。

シドニーの銀行でも闘ったことがあったっけ。「マツモト？」差し出した通帳の私の名前に目を注いだ行員が、こう呟くと突然立ち上がった。そして、「マツモト！ラストサムライ！」と言うなり、カウンターの向こう側でエア刀（？）を振り下ろした。トム・クルーズ主演の映画「ラストサムライ」で、渡辺謙が演じたサムライの名字はマツモトではなく、カツモト（勝元）だと説明するのも無粋に思えた。それで、行員がバッサリと切る真似をすると同時に、私は「うぅ」とうめいてカウンターに倒れ込んだ。これが受けて、銀行に行くたびに彼に手招きされ、この手討ちの儀式を行う羽目になった。陽気でゆるゆるのオーストラリア人との楽しい闘いが、ときに無性に懐かしい。

各国のお国事情

カナダの入れ墨

Tシャツは最初、白一色だった。それに企業のロゴなどをプリントするようになったのは、一九六年〇代だそうだ。

私は二十世紀の終わりの数年をシンガポールで暮らしたが、一年中が夏である彼の国ではTシャツさえあればよかった。衣替えがいらないというのは退屈で、それもあってか無地のものを着る人は少なく、楽しいデザインのTシャツが目を楽しませてくれた。日本語をプリントしたTシャツも人気があった。

「太っ腹」を着た男性を見かけた瞬間、駆け寄って「ランチをおごってくれませんか」とお願いしたくなったし、「東大卒」とすれ違ったときは、追いかけて顔を見たい衝動にかられた。「豊高　たて笛部」というのもあったっけ。その下に印刷された二行、「吹くだけじゃ無い」「帰宅途中にチャンバラごっこ」が傑作で、記憶に残っている。ジョークTシャツで私がとても気に入っているのは、黒地に白い魚の骨が浮いているデザインのものだ。骨の絵の下には「adidas（アディダス）」をもじって「ajidas（アジダス）」の文字があった。つまり、その魚の骨は「鯵です」というわけだ。洒落てるなぁ。

日系デパートで買い物をしていたら、応対してくれた現地販売員のワイシャツがなんだか赤っぽく見える。白いワイシャツの背中に、真っ赤な半袖のTシャツが透けているからだ。さらに観察すると、Tシャツの胸に白い部分があり、そこに赤いカエデの葉がプリントされている。赤と白、それに赤いメイプル・リーフとくればカナダの国旗だ。噴き出しそうになって、「服装規定に引っかからないのですか？」と日本人マネジャーに聞いてみたら、規律が厳しい日系企業としては「困るので、注意した」とのことだった。神妙に注意を聞いたあと、彼は言ったそうだ。「ワイシャツの下に赤いTシャツを着ていると思うから腹が立つので、脱ぎ着のできないカナダ国旗のタトゥーだと思って、大目に見てください」。

ゴーストホテル

シドニーに引っ越してすぐ、アパートの賃貸契約の関係で、ホテルでの短期滞在を余儀なくされた。シドニー湾に臨んだ絶景の部屋の写真に惹かれて、隣町のホテルをオンラインで予約した。それから、はるばる香港から運んできた、当座の必需品を詰め込んだ四つのスーツケースを転がして、タクシーに飛び乗った。

ところが、ホテルが存在するはずの住所には、どこかの会社の保養所らしき建物しか見当たらない。ベトナム人の運転手も外に出て探してくれるが、保養所の先にはハイウェイが伸びているだけだ。通りがかりの人に尋ねても、そんな名前のホテルは聞いたことがないと言う。狐につままれて、頭の中が真っ白になった。しばらくして、気づいた。そうか、私は詐欺にあったのだと。

さて、その日の午後。ホテルの予約係を名乗る人物から携帯に電話が入った。

「今晩は泊まりますよね？」。そして、私に口を開く間も与えずに、泊まらない場合には百%のキャンセル料が発生するので、あなたのクレジットカードから引き落としますと、一気に言い放った。「どこから電話しているの？　かけ直すから電話番号を教えて」と強い口調で問うと、事務所はタイにあるとシャアシャアと答える。私は深呼吸をして、まくし立てた。「ホテルはありませんよね？　他人のクレジットカードから勝手に引き落としをすると犯罪だってこと、あなたは知ってるの？」。途端に電話の声が弱々しくなって、「ホテルに行ったの？」と聞く。「そうよ。住所は××で合ってるの？」と問いただすと、電話は切られた。いったい、何人が引き落としに応じるのだろう？　荷物を持って右往左往した朝の出来事がよみがえり、まるでミスター・ビーンのコメディの登場人物になったようで、腹が立つより先に笑えてくる。

かもかも（とにかく）、タイから南半球に長距離電話をかけて騙すなんてなかなかスケールが大きいけれど、カモ（私のこと）に簡単に言い負かされるようでは、荒稼ぎの道は遠いかも。

ルールがあっても……

新年早々、私が住むマンション一帯に大量の竹が運び込まれ、外壁のお色直しの準備が始まった。人口一万六千人のこの町には、七年ごとに建物の外壁を塗り直し、補修するルールがある。香港を訪れる人が一様に驚くもののひとつが、ビルの建設に使われる竹の足場だ。足場を組むのは資格を持つ職人だが、今では千人余りしかおらず、人材不足は深刻なようだ。二十一階にある我が家の窓の外にもまもなくスパイダーマンのように職人が現れて、見事な竹組み作業を見せてくれることだろう。余談だが、友人は「足場の竹は、ビルが完成したら削って割り箸にします」と言って、日本からの来客を驚かせている。鉄骨でなく竹を使うのは湿度の高い香港の気候に合うからで、もちろん繰り返し使われる。

シンガポールでは、三ヶ月ごとにエアコンの掃除をするルールがあった。

頑強な若者がハシゴを抱えてやってきて、家中のエアコンのフィルターをはずし、浴室できれいに洗ってくれた。国民の健康を守るために至れり尽くせりの国だと感心した。

シドニーのアパートに入居した翌朝、耳をつんざくような音が鳴り響いた。おろおろしていると、セキュリティガードが飛び込んできた。キッチンでパンを焼いていているトースターに気づいてスイッチを素早く切ったあと、天井に手を伸ばした。「煙感知器が少しの煙にも反応するので、電源を切りますよ。感知器のスイッチを切るのは違法だけど、いいでしょう？　面倒ですからね」。オーストラリアには、守られないルールがいろいろあるに違いない。

意外かもしれないが、香港は騒音にうるさい。午後十時以降は、はた迷惑な音を立てないこと。十一時をまわっても騒音に悩まされるときは警察に通報してよい、という条例の規定もある。階下の住人の連日のカラオケに堪忍袋の緒が切れて、知人がその家のドアを叩き、静かにしてほしいと頼んだ。出てきた主人が笑顔で返した言葉に、知人は膝の力が抜けたという。「一緒に歌えばうるさくないだろう？　さあ、入って！」

物騒で安全な国

シドニーのマンションの入口で、郵便配達人から荷物を受け取っている住人をときどき見かけた。聞いてみると、知己でない限り自宅のドアを開けてはダメと、厳しい顔で言う。郵便受けに入りきらない小包があれば、自分がロビーまで出向くのか。物騒な国のようだと、緊張が走った。

ある日、ふとバルコニーに目をやると、男がいる。枝切り鋏を手にして我が家のバルコニーから身を乗り出し、街路樹の枝を切り落としている。私は居間で棒を呑んだようになっていた。作業を終えると、男はバルコニーにかけた梯子をひらりと下りて、四階の我が家から消えた。

次に暮らしたクイーンズランド州都ブリスベンのマンションは、家に入るまでに三本の鍵が必要なほどセキュリティが厳重だった。入居後しばらくして、掲示板にお知らせが張り出された。これから三週間、外壁と屋根の洗浄そして塗装をするという。数日後、居間の窓から手が届くほどの距離にあるジャカランダの枝の数本が切られて、屋根まで届く梯子がかけられた。そして翌朝。居間とバルコニーの境にあるガラスドアのブラインドを勢いよく開けたら、ペンキ缶を持った男と目が合った。コアラに話しかけられたぐらい驚いた。

住人の了解も得ずにバルコニーに立ち入るなんて。聞いてはみなかったが、オーストラリアではバルコニーは公共の通路扱いなのだろうか。

当時購読していた新聞に「ご近所の風変わりな人を教えて」という読者の投稿欄があったが、そこに載った投稿を読んで目を疑った。「私が知っている一番の変わり者は、外出するときにドアに鍵をかける友だちです」。近所のオーストラリア人によると、「他の州はともかく、クイーンズランド州には、施錠したドアを壊してまで押し入る泥棒はいないわよ」とのことだった。

そうそう、トイレの修理を頼んだときのこと。「明日の朝、十時に行くよ」と修理工の返事。「その時間は用事があって留守だから……」と言う私を遮って、「じゃ合鍵を預かるよ。留守の間に行って、直しておいてあげる」。

明るい北朝鮮

電子レンジ、ビデオテープ、CDは運びません。それにチューインガムもね。一九九八年に香港からシンガポールへ転居するとき、業者からこう言い渡された。電子レンジには盗聴装置が組み込めるから、持ち込めないのだと業者は言い張った。シンガポールに到着後、私の携帯電話は当局で一夜を過ごし、検閲済みのシールが貼られて返って来た。

シンガポールの検閲制度は厳しく、映画や出版物などから過激な暴力や性描写、汚い言葉を極力排除している。その基準に該当する本や雑誌のページは、カッターナイフで切り取られて販売される。渦中にある東京都知事が購入した漫画「クレヨンしんちゃん」は、親にため口をきくなどが教育上良くないと、「子供には不適切」のシールが貼られている。鑑みて、百パーセント健全だと胸を張れない私の映画コレクション。ビデオテープは潔く処分した。

健全な国家での生活に窒息しそうになって、ある日レンタルビデオ店に行ってみた。数少ない邦画の中から一枚を借りて、ワクワクしながら再生ボタンを押した。ところが、何分経っても映像が出ない。砂嵐が舞う画面が延々と続くだけだ。さては録画に失敗したビデオではないかと疑い、店に問い合わせた。「映画のタイトルは？」と店の人。借りたのは北野武監督の「HANA-BI」で、ヴェネツィア国際映画祭で金獅子賞に輝いた話題の映画だった。驚いたでしょうと、店の人が教えてくれた。「砂嵐は、検閲でカットされた過激なシーンです。あの映画は見られるところが少ないです」。

翌年、健全度の低い映画や雑誌も堪能できる香港に戻ってきた。一ヶ月後、船便で届いた家具からゴキブリが何匹も飛び出してきた。それを見て、「ラ・クカラチャ」のメロディーが浮かんだ。メキシコ革命で行軍歌として歌われたという軽快な曲だ。クカラチャはスペイン語でゴキブリ。シンガポールから密航してきたクカラチャは、はしゃいで走り回っているように見えた。「明るい北朝鮮」と嘲弄される国では、彼らも生きづらかったのだろうか。

どこに出しても恥ずかしい人

テストパターン

三十代の頃、一ヶ月の長期滞在ツアーに参加して、香港で暮らしたことがある。滞在中に、どういういきさつか覚えていないが、香港の新聞社から取材を受けた。英字新聞の一面の八分の一を私たちの写真と記事が占めたあと、テレビ局も取材に来るという。ニュースで映像を流すというので、私たちは広東語会話の猛特訓を受け、丸暗記した例文を頭の中で繰り返しながら街に繰り出した。

それから数年が経過して、私は香港で仕事をしていた。ある日、会社の香港人スタッフから、「昨夜はまたテレビに出ていましたね」と唐突に言われた。話の内容が理解できずにいると、「ご存知ないですか?」と笑いをこらえている。深夜、番組がすべて終わってテストパターンに移る直前の数分間、某テレビ局で流される映像に私の姿があるのだと言う。もしかして隠し撮りでもされたのかとびっくりして、「それで、私は何をしているの?」とたずねた。「広東語で果物を買っていました」。

私は言葉を失った。それは、あのときニュースで流された、付け焼き刃の広東語を使って買い物をしている私の記念すべき映像だった。道端で店を開いている果物屋さんに向かって、私はこう言っていたはずだ。

「りんごひとつ、いくらですか?」。そして値段を聞いたあと、「まあ高いのね。安くしてよ」と。

はるばる日本からやって来て、りんご一個の値段が高いと文句を付け、「まけろ」と値切り交渉をしている私。ああ恥ずかしい。そんな私の姿がテストパターンの前に何度もさらされていたなんて。

その後さらに年月を重ねて、シドニーで知人の結婚式に出席した。会場で、初対面の香港人から、「ずっと前にテレビであなたを見たことがあるような気がする」と話しかけられた。あ、思い出したわ。確かあなたはテストパターンの前の…なんて言われるのではないかと、ヒヤヒヤした一瞬だった。

馬の骨とのツーショット

ふた昔以上も前になるが、香港のテレビ局が主催したディナーショーにもぐりこんだことがある。ゲストはテレサ・テン、ポール・アンカ、布施明、そして絶頂期のジャッキー・チェン。「くれぐれもカメラを忘れないようにね」と念を押されて知人から渡されたのは、カメラマン用の入場パスだった。プロ仕様のカメラなど持っていなかった私は、しかたなく、小さなデジカメをぶら下げて行った。どうみても、ミーハーな観光客にしか見えなかったはずだ。

会場は、完成したばかりのConvention & Exhibition Centre（香港会議展覧中心）。羽を広げた鳥をモチーフにした屋根が特徴の建物で、のちに、一九九七年には中国返還記念式典の会場として使われた。

この一夜は、その六年後に亡くなったテレサ・テンの豪華な毛皮のストール、数メートルと離れていない距離で聴いた、ポール・アンカの力強い「マイ・

ておきはこれだ。
ウエイ」の歌声など、華やかで貴重な思い出を残してくれたが、その中でもとっ

当日、香港会議展覧中心に足を踏み入れると、階段の下に大勢のカメラマンが固まっている。視線を上げると、最上段でポーズをきめているジャッキー・チェンの姿が飛び込んできた。「あそこまで上がったら、ジャッキーと一緒の写真を撮ってあげる」と知人に背中を押された勢いで、私はカメラマンの間をすり抜けて階段をひとりで上がっていった。誰も止めない。ジャッキーも慌てない。ゆっくりとジャッキーの隣りに立って、写真を撮る許可を請うと、映画の中と同じ笑顔で「ＯＫ」と答えて肩に手をまわしてくれた。その瞬間だった。数十台のカメラのフラッシュが一斉にたかれた。すごい。目の前が真っ白になる。まるでスターになったみたい。そのとき、カメラマンは私を誰だと思ったのだろうか？　フィルムを現像して、私がただのミーハーで、彼らには馬の骨だとわかったときのことを想像すると、なんとも痛快な、忘れられないツーショットの思い出だ。

けったいなディナー

ミサの運転するベンツが香港島の中心部から山道に入ってほどなく、海を見下ろす低層マンションが現れた。友人Yと私を家に招き入れると、真っ赤なスーツのミサが消えた。普段着に着替えるものと思ったら、胸元が開いた黒のイブニングドレスで戻ってきた。ピアスとネックレスと指輪には大粒のダイヤが光り、十センチはありそうなヒールがコツコツと音を立てた。

テーブルにはフルコースのセッティングがなされていた。ミサが「スージー、プリーズ」とキッチンに声をかけると、アルプスの少女ハイジ姿のメイドがナスの煮物を持って現れた。次の「スージー、プリーズ」ではお刺身を持って登場した。メインには小魚と大きめのアジの唐揚げが供された。

Yがふいに立ち上がり、アジを手づかみで齧りながら居間を出て行った。野菜を出してと、キッチンからYの声がする。「スージー、昨日のサラダの残りをあげて！」と不機嫌な声を張り上げるミサ。戻ってきたYは、自分の皿だけに盛られたサラダを黙々と食べた。

Yが唐突に「彼氏はどこ？」と聞く。「今朝出て行ったわ」。それから、ミサとは初対面で何も知らない私に向かって言った。「オーストリア人で、イスラエルに女ができたの」「どっちも愛していて、うまくやるって言われたけど、出て行ってもらいました」。

一呼吸おいて、見せたいものがあると、ミサはキャビネットからパネルを取り出した。大きく引き伸ばした写真だった。「何が見えますか？」。

雪山の裾野にスキーの痕跡があり、それが文字を作り出していた。「MISA」と読めた。なんてロマンティック！と感激する私たちに向かって、「元彼がスキーで名前を刻んだ写真をパネルにして送ってくれたけど、どうってことないわ。誰にだってできるようなことですもの」と、ミサは素っ気なかった。

ミサには二度と会うことはなく、仕事も来歴も皆目わからないままだ。Yとは疎遠になった。しかし、強烈な個性の二人と過ごしたその夜の記憶は、十年の時を経てもいまだに色鮮やかによみがえってくる。

不思議さんとビール

二〇一七年十二月、週刊新潮が香港人の長寿のヒントを探る特集を組んでいた。香港人はビールを常温で飲み、コンビニでも常温で売られていると記事にある。目をこすった。香港に住んで二十五年以上になるが、コンビニのビールは冷蔵ショーケースに並んでいる。常温のビールを飲む香港人を見たことがないのは私が近眼のせいか。いや、ビールを常温で飲む香港人はどこにいるのかと、在港日本人の間でひとしきり話題になったことを申し添えておきたい。

実は、常温のビールを飲む日本人なら知っている。その人のデスクには、書類ではなく缶ビールが納まっている引き出しがあった。終業時刻が過ぎると飲みながら仕事をする。空いた缶はひねって、また引き出しに放り込んでいた。その人のビールにまつわる話は尽きない。顧客の駐在員数名と丸テーブルを囲んでの会食の席でも飲む、飲む、飲む。接待も忘れて、ホレボレするほどの勢いでグラスを空ける。食事が終わり全員が席を立つと、彼女は素早く手を伸ばしてグラスに飲み残されたビールを自分のグラスに注ぎ集めた。そして、立ったまま一気に自分の口に流し込んだ。

その人と晩ご飯の約束をした。彼女の朝食はビールで、粉末のコーヒー用クリームをたっぷり(なんとマグカップの三分の一まで)加えたインスタントコーヒーが昼食、固形物を摂るのは晩ご飯のみだった。食事を始めてしばらくすると「めまいがする」と彼女が訴え、立ち上がろうとして床に倒れ込んだ。驚いて抱き起こすと、「大丈夫。よくあることなの」。一日に一回だけ食べるので、大量の血液が胃腸に集まってしまうことが原因の貧血症状だと言う。あちこちのレストランで倒れているのだそうだ。

香港で出会った「不思議さん」のひとりが彼女だった。それから何人もの「不思議さん」との交流があったが、それを書いてみたらどうかと白山羊さんと弟のHさんに勧められた。つけてくれたタイトルに噴き出した。曰く、「どこに出しても恥ずかしい人」。

最初のハテナさん

四柱推命でみると私のラッキーカラーは緑だという。四、五年前に「緑を身にまとうと億万長者になる」と言われ、「億」に冷静さを失った私はミドリ怪獣に化けた。結果は言わずもがな。それ以来グリーン熱が冷めず、貯金が減る一方だ。

顧みれば、四柱推命やツボマッサージで生計を立てているSは、香港で最初に出会ったハテナ（？）の人だった。

三十年ほど前、フリーペーパーで紹介されていた彼女のマッサージ院を訪れたが、ちゃちなアクセサリーや仏像を買ってくれと待合室でヒモ夫が絡んでくるので、三回で止めた。数年後、Sが職場に訪ねてきた。「香港の週刊誌に載ったのよ」。夫に全財産を持ち逃げされてもめげない日本人女性（S）の紹介記事だった。後に、「太陽がいっぱい」のリプリーのように、Sのサインを練習した紙が夫の部屋から大量に見つかったと聞いた。

シングルになった彼女を白山羊さんと二人で訪ねたことがある。お手製のちらし寿司と味噌汁でもてなしてくれたが、空腹なはずなのに二人とも手が出ない。食事の前に案内されたキッチンがあまりに雑然としていたからか、ド近眼の彼女が洗った食器に汚れがついていたせいか。「インドで買ってきたものだけど、四万円は超える高級品よ」と帰りにいただいたパシュミナのストール。当時大流行していた。肩に羽織って歩いていたら、白山羊さんが「服が毛だらけになった！」。お互いに肩が霜降り肉状態になっていた。

自分の肉体を抜け出すときと戻るときに、一番苦しいのは何だと思う？　頼まれれば幽体離脱をして、尋ね人を探してあげるのだというSに聞かれた。答えは「細い首を通るとき」。

物の本によると、幽体離脱したあとの行動範囲は限られているようだ。自分の抜け殻からあまり離れてしまうと、視界がぼやけるとある。なお、心理学的観点から見ると、幽体離脱は「脳の誤作動」による白昼夢みたいなものらしい。Sの脳の誤作動を改善する色はないものか、四柱推命でみてあげたい。

アニーの大噴火

ドアを開けると老婦人が二人立っていた。かたわらには大きなスーツケースがいくつか転がっている。これからしばらくの間、この人たちと同居するのだ。夫からは「二週間だけ」と言われている。

アニーの夫の母親は、移民したアメリカでひとり暮らしだ。息子に会いたくなると香港に飛んで来て、しばらく居着く。しかも、いつも友だち連れで。

義母とその友人は、朝から居間のソファを占拠する。義母が「お茶」と言うと、友人も言う。「私もお茶」。「お代わり」と義母が言えば、「私もお代わり」と友人も言う。アニーはお茶をそれぞれのカップにつぐ。気持ちがブルブルと震える。

義母に誘われて飲茶をした。会計する段になって義母がとぼける。「お財布忘れた」。三人分を払うアニーの手がブルブル揺れる。

数日して、また飲茶に行った。前回に懲りて、アニーはクレジットカードだけを持った。会計になると、お金を忘れたと義母が言う。アニーも負けずに「あら、私も」と言い返す。「クレジットカードを持ってないの？」と、義母は引かない。またもアニーが払うことになる。彼女の気持ちは、火山の底の方でゆらゆらと炎に包まれるようだった。帰宅するなり、アニーはクレジットカードをキャンセルした。

滞在予定の二週間が過ぎても、義母とその友人はアメリカに帰る気配をみせない。届いた電話会社の請求書は、国際電話の料金がいつもよりひと桁多い。アニーの気持ちを抱いた火山は、少しずつマグマを噴き出し始めていた。もう電話など使わせるもんか。アニーは固定電話のＩＤＤ機能をキャンセルした。

もう噴火まで時間の余裕がないアニーに詰め寄られて、夫はしぶしぶ母親に向き合った。帰る日を聞かれて母親は激怒した。「ママと妻のどっちが大事なのよ！」。

どぉーんと音を立てて、アニーの火山は溶岩を噴出した。アニーは心の中で叫んだ。「帰らないですって？　このマンションは私の名義なのよ。明日、誰にも知らせずに売ってやる！」。（香港人の知り合いの実話です）

ド姉さん

ド姉さんは七人兄弟の長女だ。七人だからドからシまで全音階が揃っている。「音階で一番大事なのはドだ」という父親の一言で、「ド姉」が通称になった。ド姉たち兄弟は、「友だちは作るな。お金が出ていく」「モノを捨てるな。モノはお金だ」と言われて育った。ド姉は忠実に親の教えを守り、友だちも恋人も持たず、モノは極力捨てない。ド姉が住むマンションの一部屋には、ヒモでくくられた新聞が積みあげられている。それは壁一面に広がって、天井まで届いている。どう見積もっても二十年分はあるだろう。

居間のキャビネットの上は、空のプラボトルに占領されている。派手な着色料入りの「健康飲料」が入っていたものだ。お金を払って手に入れたから、「モノはお金」という理屈。捨てられない呪縛を捨てることは一生ないのだろう。

独居のド姉を気遣って、兄弟が家に招いてくれることがある。ド姉お決まりの返事は「ウチまで迎えに来てくれたら行く」だ。それを信じて迎えに行くと、ドア越しに「今日は疲れているから、行かない」と、追い返そうとする。「明朝は用事があるから、今度にする」や「行きたくないのに行くと言ってしまった」といったパターンもある。なんだかんだと押し問答の末、「じゃあ行くことにする」としぶしぶ行くようすを見せるのだが、実は着替えを詰めた旅行バッグがすでに足下に用意されている。

妹の証言。いつだったか、ド姉が手ぶらで訪ねてきた。旧正月の冷える日で、バスタブにお湯をはった。お湯につかったド姉に、「出るときに声をかけて」と言い置いた。さて、どのくらい時間が経っただろう。バスタブの中で見事にゆだって、のびていたド姉は、妹の家族に引きずり出された。扇風機の風を当てられ、冷たい水を飲まされて正気を取り戻したド姉の言い分は、「お湯につかるのは初めてだったから、いつ出たらいいのかわからなかったのよ」。

一九四三年生まれのド姉。独身。香港の某中学の校長先生。このとき五十代後半だった。

人生最良の日？

アルバートの結婚披露宴に招待され、シドニーへ飛んだ。アルバート（アルと呼ぶ）は香港人の友人エミィの甥だ。

数ヶ月前にアルと食事をしたとき、女性同伴でやって来た。マギーという名の中国人で、若干二十歳の大学生。婚約者だと紹介された。私たちは一緒に写真を撮ったりして、祝福した。それなのに、結婚式に出てみたら、新婦の名前はマギーではなく、「コニー」だった。マギーと別れてコニーと知り合ってから間がないようで、新郎の母はコニーをときどき「マギー」と呼んでしまい、たしなめられていた。

披露宴の会場で、エミィが親戚を紹介してくれたのだが、「あれはオバ」「あれはオジ」と繰り返すだけだった。名前が覚えられないと言いわけしながら。なんと、アルの父親は三十人兄弟姉妹の十番目だそう。姉妹が二十人、兄弟が十人と聞いて、びっくりである。もちろん母親はひとりではなく、五人いるそうだが。

アルの父は、結婚式の前日にハシゴから落下して救急車で運ばれるという大騒ぎをやらかした。香港式の結婚は、式の前に自宅で行う儀式がいくつかあるため、家を掃除しようと思い立ったらしい。それも、かなりの大掃除をしようとしたようだ。アルの父はオーストラリアの中国人向けラジオ局のオーナーで、シドニー郊外の大邸宅に住んでいる。お金がうなっているのに、人を雇う経費を惜しむからだとエミィは呆れていた。膝のお皿が割れた他に二ヶ所の骨折という重傷。もちろん式は新郎の父抜きで行われた。

式の前日に父親が大ケガというだけでも大変な事件であるのに、その数日後、もっと驚く事件が起こった。アルには姉がいて、香港に住んでいる。アルの結婚式が終わって香港の自宅に戻ったら、ドアを開けるのに鍵がいらなかったそうだ。先客があって、大型の家具を残して一切合切が持ち出されていたという。シドニーから十時間以上も飛行機に乗って、やっと我が家に帰ってきたと思ったら、空き巣に家の大掃除をされていたとは。

そば食いてえ

イースタン&オリエンタル急行の旅では、朝食は各自のキャビンに用意され、昼食と夕食はレストラン・カーに出向く。初日の晩、案内されたテーブルに着くと、周りは日本人ばかり。ニレとローズウッドの装飾が重厚な雰囲気の「食堂車」は三両あったが、日本人は一ヶ所に集められていた。真っ白いテーブルクロスにクリスタルグラスと銀食器が置かれ、窓側のランプの明かりが温かい。映画に登場するオリエント急行と同じだ。フルコースのディナーが運ばれてくると、白山羊さんと私の気持ちは高く高く舞い上がっていった。

「しつこいんだよな、こういう味」。そこに響いたえげつない日本語。「あーあ、そば食いてえ」。非難の目を向けた先に三十代の夫婦がいた。そして、飽きたのか、まだ幼い娘が床に寝転がっている。「あーあ」はこっちのセリフだ！　想像の世界でしかなかったオリエント急行の旅を台無しにされてたまるか！　車両を移らせてほしいとアテンダントに頼むと、「もちろんです。同情します」。ドレスやスーツに身を包み、エレガントに食事を楽しむ西洋人たちの車輛で、やっと心地よくワインに酔えた。

「ここの教育はイギリス式で、アメリカと違って程度は低いらしいよ」。ブリスベン空港で成田行きのチェックインの列に並んでいると、前の男がくるっと振り向いた。見知らぬ私にタメ口だ。「高校は日本の中学レベルなんだって」。私は男の目をじっと見て言ってやった。「オーストラリアの高校生と日本の中学生が話をしたら、会話がはずむわね」。男はあっち向いてホイのような目線になって「うーん」とうなり、前を向いた。

列の先頭になると、男は近づいてきた添乗員に「よくこんな国に住んでますね」と、傲慢無礼な態度で言った。「パンばっかりだ。僕はご飯じゃないとダメなんだよ」。「和食のレストランもあったでしょう?」と呆れ顔の添乗員に、「ホテルの朝食はパンだけだよ。日本人にはご飯と納豆でしょう!」。二人には「オズの魔法使い」のドロシーのセリフを贈りたい。There's no place like home.

一瞬の愛をのせて

シンガポールからバンコクまでを二泊三日で走るイースタン＆オリエンタル・エクスプレスの旅。午後遅く出発して、翌朝はマレーシアのペナン観光だ。用意された三台のバスを前にガイドが叫ぶ。「英語のガイドのバスはこちら。フランス語のガイドのバスはそちら。日本人はあちら！」日本語のガイド云々ではなく、日本人は一括り。こそっと英語のバスに潜り込もうとしたら、連れ戻された。

バスの通路を挟んだ斜め前のひじ掛けに、日焼けした前腕がのっている。手首には金無垢ロレックス。指には幅広の金のリング。まぶしい。もう一方の手は、厚化粧でホットパンツ姿の女の手をしっかりと握っていた。

三日目の観光はカンチャナブリだ。てんでんに散策したあと、イカダに集合してクワイ川を下る。屋根付きの部屋のような竹のイカダがゆっくりと離岸し、川の流れに身をまかせるかと思えたそのとき、急にイカダが戻り始めた。乗り遅れた人がいると英・仏・日本語のアナウンスがあり、文句あっか！とドヤ顔で乗り込んできたのは金ぴかと厚化粧のカップルだった。

ディナーが供されるレストラン・カーではエレガントな服装がルールだが、金ぴかと厚化粧は着替えることもなく、三日間まったく同じ服装をしていた。さて、最後のディナーでは、二人とテーブルが前後になるという幸運を得た。私は好奇心の引き出しをめいっぱい開けて、そわそわ。会話を一言も聞き漏らすまいと、耳はマンタも驚く大きさに。

―最初の女は、スタイルがよくていい女だったよ。「そんないい女となんで結婚しなかったの？」

―俺は踏み台にされたのさ。お前もいい女だよ。お前とはうまくいくと思うよ。運命の出会いだな。「じゃあ、働きすぎないで身体を大事にしてね」

―なんだよ、お前。女房と同じこと言うなよ。

―Aちゃんの彼氏見ただろ？　あんな貧乏な男につかまって、どうするんだ

ろ?

お前は俺と一緒にいろよ。一生幸せが待ってるからな。俺、金持ってるからよ。

「……」

―愛は一瞬、金は一生だよ、お前。

病を経て

ＯＬもどき

二〇一八年二月からＯＬになった。Old Lady ではなく Office Lady である。念のため。友人の会社に欠員が出て、声が掛かった。晴耕雨読の気ままな生活を十五年続けてきた私が時間に縛られる生活に戻れるのか？ 白山羊さんに意見を求めたら、「まだ働けという天の声だね」と説得力抜群の一声が返ってきた。

一昔前の海外ドラマ「名探偵モンク」にお気に入りのセリフがある。助手が新しい職に就く不安をモンク氏に打ち明けたときの返事がそれだ。「飛べば命綱が現れる」。二人の言葉に前髪を引っ張られ背中を押されて、六十代のＯＬになった。

初日からトレーニング開始。二十代後半のスタッフにデータの入力をするよう言われる。デスクトップを見た私は、恐る恐る言った。「Windows は使ったことがないのだけど」。「えー！」と絶叫する彼女。Mac では使わないマウスを握らされて、「そこで右クリック、それから左クリック」。カーソルが画面を飛び回っては時々消える。「マウスはパソコンに向けておいてください！」。使い慣れたWordだけど、マウスを使うとわけがわからなくなる。「そこは左を素早く三回クリック！」。はい！　昔から返事だけは良いと褒められてきたが、裏腹に指が動かない。「もっと早く！」と急かされる。

トレーニング期間の二週間は、指示に従って黙々と業務をこなすだけ。「この作業の次は何をしますか？」。うーん、なんだっけ？「昨日やりましたよね？」。覚えていません！「この作業では最初に何をしますか？」。何だろう？しばし凍結。「忘れましたか？」。はい、きれいに忘れました！

「コピーを取ってください」と書類を渡されたときには、心底ムッとした。不遜だとわかっているが感情は別物で、書類をバーンとデスクに叩きつけて帰ってしまおうかと思うことに何度も遭遇した。

まだ内緒にしているが、現状把握のために社長命令で実務についたＯＬもどき。しばらくしたら管理職になる。厳しい彼女の指導に根をあげそうになったときは、こう呟いて堪えていた。「あとでいじめて仕返ししてやる！」。

ワンダフル二〇一九

二〇一八年十二月。呼吸器科の受付で、ナースからA４大の封筒を渡された。その年の初夏、首のリンパの腫れに気づいた。秋には食欲が驚くほど落ちた。医者嫌いの私は、冬になってようやく病院に行った。ＣＴやＰＥＴ検査、腫れたリンパ節の組織検査が行われ、その結果が封筒の中にある。逡巡した末に開けた。診断の欄に、未知の単語が記されていた。携帯で検索すると肺がんの一種と分かった。

「結果は読みました」。診察室で医師にそう言うと、「読むと思ったよ」。肺がんの治療法は日々進んでいるから心配しないで、大丈夫だからと、医師は私の背中を軽く叩いた。「No worries. You gonna be OK.」

「二〇二〇年のお正月は迎えられないのかもしれない。運命なら、受け入れなければ」。そう頭の中で繰り返しながら帰った。分子レベルの検査で、第三世代の抗がん剤が効くことが判明した。「Very good !」と主治医が笑顔を見せた。肝臓や骨を含む三十九ヶ所に転移していたがんは数ヶ月で消滅した。しぶとく残っていた肺の数個は放射線でやっつけた。「良かったね。がん細胞は消滅したよ」と言われたのが昨年九月。でも、念押しの服薬はまだしばらく続く。医師から家族を連れて来るように言われて、本人が病名を察知する。映画やドラマで見た告知シーンがよみがえる。私にはそんなドラマチックな経験がなくて残念と、冗談を言う心の余裕もできた。

「主治医が、薬が効かなかったらどうしようと心配したと言っていたよ」と、放射線治療の担当医がさらっと言った。私には最初から「大丈夫だから心配しないで」を連発してくれた主治医。その言葉がどんなに心強かったことか。

治療にあたり、お酒を控えた方が良いか聞いたら、「酒癖が悪いの?」。二人で大笑い。「楽しいと思うことは止めなくて良いんだよ」。というわけで、酒量も変わらず。

二〇一九年は、がんを経験して戸惑い（wonder）に満ちた（full）年だった。

二〇二〇年は、どうか素晴らしい年（wonder year）でありますように！

めざせマイケル・ジャクソン

肺がんの遺伝子変異検査の結果をもとに処方された薬を服用してそろそろ二年になる。最初に副反応が現れたのは頭部だった。頭皮が乾燥して痒いのなんの。すべての神経がそこに集中する。悲しみに打ち勝つのは痒みだけよ……ある韓国ドラマのセリフに激しく同意。無意識にポリポリ掻いてカサブタを落としてしまうので、好んで着ていた黒い服をえいやっと処分して、黒山羊は白山羊に変身中だ。

余談だが、若い頃から白いシャツが好きで、ユニフォームのように着ている。来港後しばらくして、香港人スタッフから忠告を受けた。お葬式の色だから、白い服は着ない方が良い、と。弔事に着るのは黒だと思い込んでいたが、香港式の葬儀では遺族は白装束をまとうと知った。時を経て香港人の意識も変わり、白い服がファッションとして受け入れられるようになった。おかげで私は白い目で見られることがなくなった。

追加の余談。ラッキーセブンの七は香港では嫌われる。葬儀の食事のおかずが七品と決まっているからだ。縁起を担ぐ友人は、飲茶でも七皿で終わらないように注意して注文する。

さて、いつ頃からか、ゆで卵のカラをむいたり、タッパーの蓋を開けるときに爪先がぽろっと欠けるようになった。それ以来、爪はぎりぎりまで短く切って、指先の腹を意識して使っている。爪が使えないと不便な動作は多々あるが、意外と上手くやれている。眉毛が抜けたり、鼻が詰まったり、口内炎ができたり、お腹を壊したりと、さまざまな副反応が忙しくやってくる。

私の髪は直毛だった。パーマも長持ちせず、頑固ですねと言われたものだ。曲がったことがきらいだったはずの髪なのに、洗髪後はクリクリになっている。美容師さんにも「天然パーマになっちゃいましたね」と驚かれた。「こうなったらアフロにしませんか」と、嬉しそうだ。堅い業種だから無理だねえと私。「伸ばします（結ぶのが最善策）」と宣言したら、「そうしましょう。目標はマイケル・ジャクソンしかないですね！」

香港で思うこと

日本酒を愛する主治医が言う。「お酒飲んでる？ イヤなことが多いこのご時世、飲まなきゃやってられないよね」。

七月一日は二十三回目の返還記念日だった。今年からは、国家安全維持法の施行日でもある。昨年のその日にデモ隊が立法会の建物に突入して以来、平和的に行われていた民主化デモは一変した。「武勇派」を名乗る一部の者が信号機や駅の設備、銀行のＡＴＭを破壊し、親中派が経営する店を襲った。

故障中と表示された駅のエレベーターや、敷石をはがされて凸凹になった歩道を見て、ただ悲しかった。高齢者や白杖をつく人、車椅子やベビーカーは車道を使えと言うのか？ 民主化運動の旗のもとでは、暴力を止める市民を傘で襲い敷石を投げつけても、暴徒と呼ばれないのか？

確かに、返還後五十年間は一国二制度が守られる約束だった。しかし、五十年が過ぎたらいきなり体制が変わるなんてあり得ない。それまでに少しずつ中国化が進んでいくと考えるのが普通だろう。私は親中派ではないが、中国に国家安全維持法の施行をこれほど早めさせたのは、一部のデモ隊の受容しがたい暴力行為の結果ではないのか。「香港独立」を叫ぶ者に聞きたい。水を、国境を接する中国から買っている香港が、独立してどうやって生きのびるのか？

　話は変わって、ＣＯＶＩＤ対策として香港政府がひとり二枚ずつ配布した布マスクは、白地にベージュの横ストライプ入り。その色合いと、鼻から顎まですっぽり隠れる大きさから「おばあさんのパンツ」とか「おばあさんのブラ」と揶揄《やゆ》されているが、六十回は洗えるという高性能マスクだ。

　フランス政府配布のマスクはラコステ製で、香港のものはＨ＆Ｍ製だと聞いた。フランスの方がおしゃれな感じがするが、パリ在住の知人によると、マスク二枚をむき出しで渡され、洗ってから使うように念を押されたそうだ。

　一分も要しない簡単なオンライン申請から二週間後に、定額給付金一万香港ドル（約十四万円）が振り込まれた。さあて、主治医のアドバイスに従ってお酒でも買いに行こうか（笑）。

古希

香港に移住したのは三十八歳のときだった。事情があって他国にも住んだが、香港で三十年余を暮らし、昨年古希を迎えた。香港迷（香港ヲタク）ではないが、雑然憤然としたeast meets westの融合文化に肌が合ったと言おうか。

香港のクリスマスシーズンは華やかだ。香港島の超高層ビルの壁をサンタがソリで駆け上がり、巨大なツリーのイルミネーションがまばゆい。そんなデコレーションを楽しみにショッピングモールやホテルのロビーを巡ったものだ。ところが、中国から観光客が押し寄せた頃から、アニメチックなテーマが主流になった。クリスマスの風景に心躍らなくなって久しい。

数年前、香港島のコーズウェイベイの店舗家賃はニューヨークの五番街を抜いた。地場の老舗は去り、欧米の高級ブランドの出店が続いた。それらも、民主化デモと新型コロナ感染症流行の影響で消費が冷え込んだ結果、閉鎖や撤退を余儀なくされている。

中国返還（一九九七年）以来、香港はゆっくりと姿を変えていたが、ここ数年でいきなり脱皮をしているようだ。「魅せられて」を歌うジュディ・オングの姿が目に浮かぶのはなぜだろう？

そのうち日本に帰るのだろうと他人事のように考えていた時期もあったが、居心地の良さに引きずられて年を重ねた。日本のような年金制度はないが、「生果金」の一律支給がある。月に約二万円では果物（生果）しか買えないと、皮肉の込もった俗称だ。その他、長者（六十五歳以上の高齢者）には公共交通機関を二ドル（約二十八円）で利用できる特権や外来診療で使える医療券、スーパーでの割引などの特典もある。目袋ジワ、法令線ジワ、くぼみジワ、小ジワ、笑いジワ、パグジワ…シワは増えたが、バスの車内で転んだら男性が三人も飛んできた。香港で老いるのも悪くない。

ウイスキーやワインなど、年を経るほど価値が増すものは多い。キャビアはチョウザメの年齢が高いほど高品質になり、値が張るというではないか。

二〇二一年も黒山羊コラムをどうぞよろしくお願いいたします。

縮みゆく黒山羊

二〇二一年二月最後の木曜日。朝の通勤ラッシュ時にスマホの画面を凝視しながらのったりと歩いている人を追い抜こうと、小走りになった。歩道のデザインなのか継ぎ目なのか定かではないが、真ん中をこんもりと盛り上げた形の金属板が目に入った。とっさに大股で跨いだつもりが、脚の長さが足りなかった。左足の踵が小雨に濡れた金属板を踏んだ。

つまづいたでもなく、体のバランスを崩して転んだでもなく、すってんころりん。昭和の人ならサザエさんの漫画で見たことがあるでしょう。バナナの皮を踏んで滑って転ぶ。あれです、あれ。

両足がきれいに揃って空を向いて着地。オリンピックに滑倒《かっとう》競技があったら、芸術点をかなり稼げたのではないだろうか。実に見事な滑りっぷりだった、と自画自賛。結果はメダルではなく、左手首の骨折。手のひらから肘までギプス用の包帯を巻かれ、「ギプスが外れるまで十七歳は二週間。七十一歳は四週間」と医師が言う。ついでに骨密度測定検査を受けることになった。検査技師はデンマーク人女性で、沖縄が好き、大阪も楽しかったと、旅行の思い出話が止まらない。リュックを背負っていたために打撲で済んだ、幸運な背中をさすりながら身長を測る。一五三㎝。え？　この間まで一五九㎝あったのに。

「縮みゆく人間」を母に連れられて見たのは小学生のときだった。原作はリチャード・マシスンの小説で、核実験と殺虫剤の影響で日々〇・三ミリずつ縮んでいく男の話だ。キッチンのシンクに落ちた彼が、妻に大声で助けを求める。しかし、目に留まらないほど小さくなった彼は、無情にも流されてしまう。恐怖とともに、幼心に強烈な映像が残った。

診察台の上でその場面が蘇り、「I am shrinking in Hong Kong.」と独り言を言った。いずれみんな縮むのよと、技師が返してきた。母がよく笑っていたっけ。「棺桶にうまく納まるサイズになるように、人間は年とともに小さくなるのよ」と。

（注）背が縮んだのは、痛みで背中が伸ばせなかったためと判明。

何が起きていたのか。だんだんと歩行が難しくなっていった。家でも杖が必要になり、そのうち杖をついても転ぶようになった。そして、転んだら起き上がるまでに長い時間を費やした。七月初め、友人に車椅子に乗せられて入院した。

病室は畳敷きだった。ベッドはなく、四人が座れる大きさのテーブルが真ん中に置いてあるだけの部屋。それが仕切りもなく続いている。どの部屋も三百六十度丸見えだ。勝手に部屋のひとつに落ち着くと、看護師がやってきた。「お腹は空いてない？　お粥を食べる？」。しばらくして出前の白粥を届けてくれた彼女が「お金は要らない」と言う。看護師がおごってくれる病院があるのか。

九日後に髄液シャント術を受けることが決まった。手術の記憶はドライシャンプーで髪を洗われたあと麻酔薬の吸入器を鼻にかぶせられたところまでだ。手術が終わり病室に戻されると、数十の赤や薄いピンクの曼珠沙華が天井ではかなげにゆらゆらと揺れている。かと思うと、あちらには赤アリ、こちらには黒アリの数百もの群れが固まっては四方八方にパッと散る。まるで万華鏡のように美しい。そして壁に目を移すと床が上、天井が下にある。上下が逆さまになっている。脳圧を下げるために頭部右側の生え際を開けてシャントシステムを埋め込み、サイボーグになった私。視力も人間離れしてしまったに違いない。それは少し哀しいことだった。

興奮して見たままを友人に話すと怪訝な顔をされた。「畳敷きや外から丸見えの病室？　最初から壁やカーテンで仕切られた病室のベッドに寝てたでしょう」と呆れられた。部屋もお粥も何もかも「術後せん妄」と言われる意識の混濁による幻覚と言われても信じられず、本当に見たといつまでも言い張った。

ところが数日すると曼殊沙華もアリも視界から消え、壁も天井が上になっていた。サイボーグの目は消え失せてしまった。友人の言う通り「術後せん妄」、つまりシンナーも吸わずに真面目に生きてきた私の貴重なラリパッパ体験だったのだ。

若者たち

続きの「入院編」。七月三日から一ヶ月弱入院したときの話だ。私の病室には「High risk of fall」の表示があり、主治医から「転倒のリスクが高いので、絶対に看護師の介助なしでベッドを離れないこと」と言い渡された。トイレに行きたければナースステーション直結のボタンを押す。病室のスピーカーから「May I help you?」と返事が聞こえる。「Toilet please.」とお願いすると、おまるか椅子型トイレを持ってきてくれるという具合。他の病室にも筒抜けになるのが気になったが、ひとりで歩く許可は退院の前日までもらえなかった。それを知ってか、積極的に声をかけてくれる女性がいた。可愛らしく優しい人で、おしゃべりも楽しかった。「今は六ヶ月のパートだけど、これから看護師養成学校に通って資格を取ろうと思う」と、自分の行く道を探しあてた喜びで目をキラキラ輝かせていた。

日本の名前を付けてほしいと男性看護師がやってきた。漢字三文字の氏名の中に「光」の字がある。命名は一瞬で終わり、それからは「ひかる」君と呼んだ。次に会った準看護師は、「私はナナちゃんです」と私の布団を直しながら独り言のようにつぶやいた。ひかる君から命名話を聞いたようで、自分は日本びいきで一年に数回訪日するのだと言い、日本名も自分で付けたと微笑んだ。

毎日数回行われる血圧測定ではさまざまな若者に会ったが、最も印象に残った出会いはこれだ。「松本さま、血圧をお測りさせていただいてよろしいでしょうか」と、丁寧な日本語が聞こえたときは驚いた。「失礼いたします」とカーテンを開けて入ってきたのは二十歳前後のイケメン二人組だった。看護師見習いかと思ったら、「夏休みの実習です」。そうか…「将来はドクターになるのね？」「そうです。香港大学医学部の三年生です」。

さわやかなジャニーズ系青年たちは頭も良かった。ラッキーなことに退院当日も廊下で偶然出会い、「松本さま、バイバイ」と手を振ってくれた。優秀な彼らが私の入院生活に有終の美を付け加えてくれた。

II

白山羊コラム

重なり合ったもの

名画座

黒山羊さんの仙台時代、互いに結婚するまでのことだが、日曜日の朝は名画座だった。もう今は存在しないが、百円でリバイバル上映される映画館、寝坊が趣味だった頃、でも日曜の朝一だけスタンプが倍になる。それで眠い目をこすりながらも黒山羊さんと通った。何度も何度も上映されるたびに見た『個人教授』、ナタリー・ドロンのクールさと、ルノー・ベルレーのスマートさ、学生運動が世界的盛り上がりを見せていた時期、リセに通う彼は哲学が得意、授業で滔々《とうとう》と持論を展開する。容姿だけではない、すべてにおけるカッコよさ、まさに青春そのものとして、彼が存在した。それを切ないまでに盛り上げるテーマ曲、セーヌ川のほとりを自転車で駆ける姿は、そのまま瞼に残っている。

大作ものも多かった。その筆頭がデイヴィッド・リーン、二人で見て印象に残るのが『ライアンの娘』、その圧倒的映像美、白百合と、ロージー・ライアン（サラ・マイルズが演じた）の白い衣服が朝もやのなかに浮上する。壮絶なほど美しい夕陽の中、自決するランドルフ、彼は第一次大戦で心身とも傷つき村へやってきていた。一瞬の映像がすべてを物語る映画に、ますます虜になった一作である。そして、フェー・ダナウェイとアメリカン・ニュー・シネマ、黒山羊さんと白山羊のベストになった『追憶』、これは拙書『司書はひそかに魔女になる』（二〇一三年刊）に書いているので改めて書かないが、思い入れも半端ではない。そんな共通の時を本当に多く過ごしてきた。

彼女がこれ以上回復しないと主治医から宣告があった翌日、FMからバンバンの「いちご白書をもう一度」が流れた。これも一緒に名画座で見た映画だ。懐かしさに仕事の手を止めて聴き入った。ストーリーは全く忘れたけれど、学生運動盛んな時代の郷愁に突き動かされる。その同志であった主人公の女の子がキュートだったし、着ていたポンチョがまた素敵だった。するとしばらくして黒山羊さんは、焦茶の太い毛糸でそれを編んでプレゼントしてくれた。器用な人だったのだ。仙台の実家の荷物整理に同行した時出てきた若い頃の作品、マフラーやセーターが形見になってしまった。

韓流ドラマ

『冬のソナタ』が日本で初放映されたのが二〇〇三年NHK BS、一瞬で虜になるほどのドラマだった。すべては初物尽くし、近くて遠い国韓国の珠玉のようにピュアで美しい世界、青天の霹靂のようなドラマ体験だった。

黒山羊さんから「CMで見た映像がすごくよかった」というメールがあって即送った。当時はビデオ（のちDVDに移行）の時代、映画を主に録画してはせっせと送っていた。どれだけの録画を送ったことか、記録はないが香港でも日本の放送が視聴できるシステムになるまで、多分十年以上送り続けた。数えきれないほど見てきた韓国ドラマ、その中でもはまった「ソル薬局の息子たち」、ともに泣いて笑って共感した。「未生―ミセン」のパク・シワンにも魅了された。囲碁の世界でプロになれなかった青年が、会社の非正規雇用の社員となっての日々、非常な世界でありながら、それでも周りの人々の温かさがどこかにあった。

そんな話を取りとめもなくしていた電話も、もうできない。

もちろん韓国映画にもはまった。少しは言葉が理解できるように、白山羊はTVのハングル講座をかじった。しかし黒山羊さんはそんな半端なものではなかった。ある時彼女の本棚を見て驚いた。びっしりと分厚いハングル教則本が数冊、読み書きどころか、会話もマスターしていた。努力の人だったのだ。

二〇〇七年黒山羊さんと念願の韓国旅行へ行った。冬ソナツアー、チュンサンとユジンの高校のロケ地を訪ね、二人でキャッキャッとはしゃいだ。学んだハングルが通じるかしらと黒山羊さん、まず最初に地下鉄のチケットを買った。できた！ 買い物に、道を聞くのに、日常会話に不自由しなかった。道端で焼き銀杏を売るおばさんがいた。黒山羊さんがハングルで話しかけると、おばさんは上手だねとニコニコし、大盛りの銀杏をくれた。

黒山羊さんが危険水域となったある日、仙台にでかけ町の八百屋さんで見事な銀杏を求めた。それがすぐに韓国での黒山羊さんとの思い出につながるのだ。辛かった。あの夢のように楽しい時間は戻らない。

韓国ではチョコパイがご馳走だった時代。映画『おばあちゃんの家』にもそ

れは登場？　していたが、二人ともそれがいつのまにか好物になっていた。新製品が出ると写真を撮ってＬＩＮＥで送ると、香港のスーパーで見つけた！と連絡が入る。そんな他愛もない日常を積み重ねてきた、それが切断された。

「またたよ」とドラマの話をしながら笑う。交通事故、不治の病、記憶喪失、出生の秘密、そして最後は飛行場を探し回るという定番、それでも惹きつけるものは何だろうかと……ホームドラマは、臆面もなく大立ち回りの大喧嘩、怒鳴り合い、あそこまで赤裸々に本音を言うのは、まず日本ではない。それがいいと黒山羊さんは言っていた。でも、そこには本当の温かさがあると。隠された思いを知るのは付き合いも三十年を経た頃である。家族のつながりをドラマで求めていたのだ。

一時帰国をしたとき、コリアンタウンの新大久保まで行った。パッピンスというカキ氷、一体どんなものだろうと食べた。ドラマが高じて韓国料理も大好き、キムパプ、町で食べた韓国おでんのシンプルなおいしさを思い出し、また食べたいなぁと、それはもうかなわない。闘病で食欲が衰えてきた時も、キムチチャーハンを食べられるようになりたい。元気になるよねと言っていたのに……。

好きな作家、画家のこと

旅好きの必読書沢木耕太郎の『深夜特急』にはまったのは言うまでもない。朝日新聞連載の映画コラム「銀の街から」も大好きだった。白山羊・黒山羊にとってはアイドル的な存在、発表される作品を、片端から読んだ。最近は黒山羊さんの誕生日祝は、彼の作品が出版されると、それをプレゼントするのが恒例となっていた。ＪＲ東日本のＰＲ紙「トランヴェール」連載の『旅のつばくろ』が文庫になった時も、早速送った。「いつもバックに入れて持ち歩いてる」と言っていた。端正な彼の文章、旅で関わる物や人とに紡ぎ出される誠実さ、それが二人とも大好きだったのだ。二〇二二年秋『朝日新聞』beに連載を開始した時代小説『暦のしずく』を楽しみにしていたのに……。

そして向田邦子、没後にもたくさんの本が出た。そのたびに頼まれて送ったことがある。美味しいもの好き、オシャレなこと、共通する所はたくさんあっ

た。またある時、『嘘つきアーニャの真っ赤な真実』を送ってほしいとのメール、それをきっかけに二人で米原万里に夢中になった。抜群のユーモアのセンスに喝采した。そして晩年にはブレイディみかこ、似た感性を持ち好きな作家が重なったことは、当然のことと思っていた。

ある時期黒山羊さん宅の居間にジョージア・オキーフの絵が飾ってあって驚いた。ちょうど私も彼女を注目し始めた頃だったので二重の驚きだった。「好きなの？」「うん、いいよね〜。」そんな会話ですべてが通じた。またある時、フリーダ・カーロの本を頼まれた。そんな不思議な一致がたくさんあるのだ。

言葉がつないだもの

押入れのストッカーを漁っていたら、手紙が一通出てきた。手紙類は別にしてあるのに、迷子だったらしい。それが驚いたことに、仙台時代、黒山羊さんの手紙だった。冬は雪も多いし暖かくなってから会いましょうという内容、そうか市内の近くにいても文通していたのだ。

あらためて思う。黒山羊・白山羊をつないでいたものは「言葉」だった。出会ったのが語学学校、そこからずっとひたすら書き続けた。手紙、それがＦＡＸになり、メールになり、最後はＬＩＮＥだった。

白山羊は三十代半ば大病を患い、六ヶ月あまり入院していた時期がある。その間、毎週月曜日必着のものがあった。「はい、ラブレター」と看護助手さんが持ってきてくれたのは黒山羊さんの手紙、当時彼女は東京で学習塾を開き、みるみる塾生が増えていた。そんな忙しい中でも必ず届く定期便だった。長い

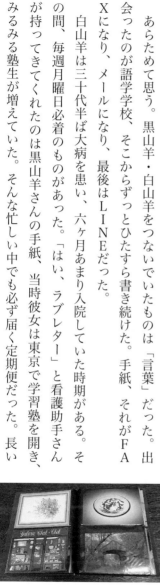

入院生活を支えてくれた。

そしてあれよあれよという間に黒山羊さんは香港に移住した。当時一九八〇年代、まだ国際電話はべらぼうに高かった。一時間一万円位と記憶するから、ボーナスをもらった時しかかけられなかった。そこにまさに天の助けのようなＦＡＸが登場した。その最初の便りが原稿の裏側送信、その返信が「白紙だよ」。その事件が童謡「やぎさんゆうびん」にならって、ウイットのある彼女が命名したわれわれのコード・ネームである。それ以来、メールになっても冒頭には必ず黒山羊通信そして白山羊通信と書いていた。

そのＦＡＸ時代の黒山羊通信、いつもＡ４の用紙にぴったり収まるように書かれているのだ。それも必ずオチがあって吹き出す。ユーモアのセンスに欠けていた白山羊は、黒山羊さんからそれを学んだと言っていい。こちらも負けずと面白いネタをさがしては、ＦＡＸを送った。思い返すと、そのＦＡＸのやり取りが、自然と文章修行をしていたのかもしれない。とにかくお互いを笑わせるために。人の悪口も嫌なことも、笑いのネタに変身させた。人生は楽しく笑った方がいい。東北人の典型？のように精神にゆとりがなかった白山羊、ユーモアのセンスも黒山羊さんが伝授してくれたものの一つである。

メールに移行してから、何度かあった奇跡のようなこと、こちらがメールを送るとほぼ同時に黒山羊さんからのメールがあった。シンクロニシティは本当にあるのだと実感した出来事、海を隔てた香港と仙台をつないだ不思議な時間である。そうだ、メールだけではない。ある時、町で気に入ったものを見つけて送ると、ほぼ同時期に黒山羊さんからのプレゼントが届いた。

ボロアパートから始まった

堀さんとの出会いは二〇一五年、その数年前、「キンカン煮たのをもらった」という黒山羊さんからのメールがあった。金柑をコアントローで煮るなんて、料理イコール女性という白山羊のバイアスを翻す、男性だったのだ。黒山羊さんが会社を経営していた頃からの知り合いでランチ友達、Mediport International（法人向け健康診断施設）を運営している。海外青年協力隊でソロモン諸島に行っていたという経歴、料理が上手いのは単身赴任のせいだけではなさそうだ。日本人男性としては、いい意味で珍しいタイプである。

小籠包のお店で初めて会食した席で、黒山羊さんはさっそく私たちの出会い、つまり彼女流に言うと、私に「ナンパされた」話を嬉しそうに喋るのだ。全く、もう！　これもアルゼンチンまでもぐりたい話の一つだ。

不思議なものである。一人のそれまで見知らぬ人を介することによって、共有した時間の忘れていた部分が蘇る。というか、そんなこと思っていたんだと新たな発見がある。

大学卒業直後、私は仙台の某協同組合の事務局に勤めていた。その時も岩出山から汽車通勤をしていたが、冬場になって一時しのぎにアパートを借りた。叔父（従姉節ちゃんの父親）がアパートを所有していたが、空きがなかったので近くを紹介してくれたのだと思う。長く住むつもりはなかったので（実質七ヶ月位）、今思えば凄いボロアパートだった。いや、もともとはアパート仕様ではない。普通の大きな家で、急な階段を上ると二間あった。その一間を借りたが、襖で区切られているだけの作りだった。通りに面した隣に小鳥を飼う老女が住んでいた。台所、風呂、トイレも共同だった。学生時代のアパートのほうが、よほど上等だった。

「でも、凄いよね。襖一枚を開けないという節度があったことが」と、これも黒山羊さんの感想だ。そんなボロアパートに泊まりに来ていた不思議、彼女の慎重な性格からすれば……今になって首を傾げている。

それまであまり家事に精通していなかった黒山羊さん、私のすることが目新

しく、よく観察し、そして記憶していた。ある時鍋をした。もちろん、卓上コンロなど持ってなかった。土鍋に作ったそれが冷めてくると、「温めてくるわ」と鍋をまた火にかけては戻ってきたという。「卓上コンロがなくても鍋はできる」ことが新鮮だったという。

そしてエビフライを料理した時の話、新聞紙の上でパン粉をつけたのだという。今のようなキッチンペーパーなどという代物がない時代である。そして、その新聞紙を今度はフライを揚げた油切りに使った。彼女には魔法？のようだった。さっそくお家に帰って、新聞紙を使って揚げ物をしたいと言うと、「どこでそんなことを覚えてきたの？」とお母様に詰問？されたとか。料理の変な師匠だった白山羊の話である。

知り合って間もなくだろうか、桐島洋子の『聡明な女は料理がうまい』という本に二人ではまった。〝聡明な女〟というタイトルは、家事としての滅私奉公をする女性像を崩した。そこがポイント、料理は片付けまでが一過程というコンセプトは、今でも心がけている。

香港でのクリスマス・ディナーは、高級レストランから家での食事に次第にシフトしていった。ある時、黒山羊さんの母上も一緒に過ごしたことがある。その時、シティー・スーパー（香港の日系スーパー）に七面鳥のディナーを頼んだ。それを受け取りに行ったのだが、その荷物の巨大なこと、二人で持ち帰るのに四苦八苦したことを思い出す。その七面鳥、アメリカの不味い思い出を塗り替えてくれたものではあったけれど……。

それから二人で鳥の丸焼きを作るようになり（韓国料理材料を売っているコリアンタウン？まで買い出しに行ったこともある）、最後の数回は黒山羊さんのパエリアがクリスマス・ディナーになった。ブルーベリー・マフィンも極上の焼き加減、今白山羊も焼いているブラウニーも彼女のレシピである。新聞紙を使った？エビフライに驚いていた黒山羊さん、いつのまにか一流のシェフになっていた。

クレヨンハウス「夏の学校」

白山羊はアメリカから帰国して、どこか虚脱状態の日々が続いていたが、「クレヨンハウス夏の学校二〇〇二」という催しを見つけて参加してみた。そこは深呼吸ができる場所、言葉にできないほどの開放感と満足感があった。当時職場に心を許せる人は皆無だったから、居場所を見つけたと、黒山羊さんに報告した。そんなに楽しいなら絶対参加したいと彼女の初参加は二〇〇四年、会場も埼玉、森林公園にあるホテルから、池袋サンシャインシティプリンスホテルへと移っていた。

その時のゲストは井上ひさし、他いせひでこ、たかどのほうこ等、その後読み続ける作家との出会いがあった。二泊三日の楽しい時間を黒山羊さんと満喫した。この学校の特典？は、作家のサインがもらえること、黒山羊さんは井上ひさしに「好きな文字を書いてください」と頼んだそうだ。「粋なことを頼むなぁ」と白山羊は感心するばかり、本には「風」という文字が書かれていた。そして、最後の閉校式でのこと、「一番遠くから来た人」が代表、当然黒山羊さんが登壇して修了証をもらった。授与者は講師の一人金原瑞人《かねはらみずひと》、自己紹介に「金原ひとみの父です」。ちょうど金原ひとみが芥川賞を受賞した頃だった。

そして翌年二〇〇五年にも黒山羊さんは参加した。なぜならば白山羊・黒山羊大ファンの姜尚中《カンサンジュン》がゲスト講師だったのだ。初登場の姜さん、参加者の多くが女性なのにたじろいでいる感じもしたが、淡々と、しかし確たるものを示す話は素敵だった。その時、彼の著作『在日』を取り上げていたこともあり自著『無口な本と司書のおしゃべり』（二〇〇四年刊）を差し上げた思い出もある。

最後が二〇一五年、人生は八十から〜とフレッシュな老人として登場したのは、大江健三郎、谷川俊太郎、そして金子兜太《かねことうた》の超豪華メンバー、泣き笑いの講義を聞いた。これも二人でファンの料理研究家のコウケンテツの話も楽しかった。充実した時間が蘇る。そしてそれまでは恐れ多くて遠慮していたが、落合恵子さんと三人で撮った写真が手元に残る。

二〇二二年落合さんはシスターフッドの物語『わたしたち』を上梓した。最

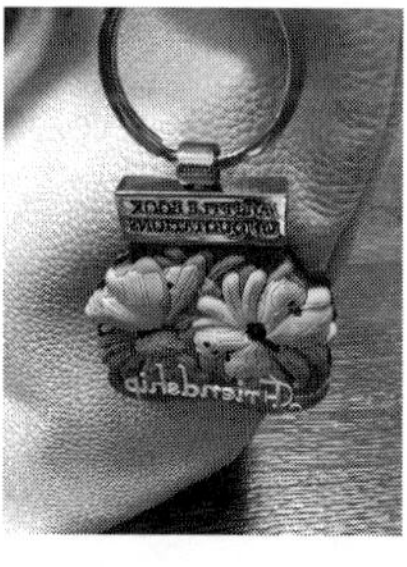

後に黒山羊さんへ送った本の一冊、それぞれに見えてくる、人生の課題と回顧、これから迎える死、落合さんの集大成のような小説だ。彼女が「夏の学校」の最後にいつもかける「きみの友だち」、メロディーに落合さんが諳《そら》んじた歌詞をのせるのが定番だった。そのCDを久しぶりに聞いた。香港に飛んで行きたくても行けない、黒山羊さんを思いながら……昔まことしやかに言われていた「女の友情は長続きしない」（これはきっと男性の言葉だと確信する）時代でなくなったことだけは確かだ。

＊遺品整理をしている堀さんから「興味深い本」を見つけたと連絡があった。井上ひさし著の『あてになる国のつくり方』、なんとそれは「風」の文字入りのサイン本だった。

追いかけて、旅をして

追いかけて、追いかけて

黒山羊・白山羊は一九八六年十二月格安パックツアーで、はじめて香港の地を踏んだ。帰国寸前だったような気がする。黒山羊さんは街角でビラを拾った。「日本語教師求む」という内容のそれに「私の仕事」と彼女はつぶやく。そして数年後、偶然が重なり彼女は香港に移住した。

時は流れて一九九七年の暮れ、シンガポールで黒山羊・白山羊は落ち合った。その七ヶ月後、黒山羊さんはどういうわけかシンガポールに引っ越すのである。拙書『まりは旅行中』(一九九八年刊)のまえがきに記してある。〈「真理さんと旅行するとその土地に住むことになる」という不思議なルールが確立するわけで、だから真理さんとは北極や南極には一緒に行きたくないし、将来「超格安! 四泊五日火星の旅」なんていうのが発売されたら、ひとりでこっそり申し込むことに決めている。〉と、最後は彼女一流のジョークで締めていて、にんまりしてしまうのだが……。

閑話休題、つまりは彼女が海外にいるおかげをたくさん被っている。なにせ高級ホテルよりも居心地のいい黒山羊ホテルに滞在しては遊びまくっていた。香港に二〇二〇年まで合計二十三回、シンガポール、ブリスベン（オーストラリア）、黒山羊さんの居住地が変わるたびに追いかけていた。香港経由のクルーズツアーで中国広州からヴェトナムへ、朝目覚めてあのハロン湾の奇岩を見た衝撃、シンガポールからタイ、バンコクまでのイースタン&オリエンタルエクスプレスの超豪華な旅、大げさではなく人生最良の日々だった。

旅はすべてを映す。一緒に旅をして小さな齟齬《そご》が生じると、次第次第に疎遠になる場合が多々ある。ある時、それまで良好な関係だった人との旅、いやな思いをしたということではないが、リズムが合わなくてその後交際も途絶えた。これはこれで仕方ないのだろうが、黒山羊さんとはそれがない。不思議なことにそれがなかった。冗談のように、旅をするたび「私たちこれで絶交かも」と言いつつも、それがなかった。

朝食のホテルのレストラン、最初の香港旅行、シンガポール、そして最後

の旅となった金沢・黒部旅行、気づくとホテルの朝食会場に、いつも私たちが最後ということを何度経験したことか。とにかく、話すことが山とあった。日本の政治、社会、仕事の愚痴、映画、本のこと、いくら話しても話は尽きず、楽しくて楽しくて仕方がなかったおしゃべりの時間を思う。帰国しても、しゃべり足りなかった分、また電話したことも数えきれない。

思い出す風景がある。黒山羊さんがシンガポールに滞在していた頃、夏の終わりだった。子どもの頃からこの季節は物悲しかった。香港でもそうだが、白山羊が帰国する前日はおいしいレストランでの食事が定番だった。南国の夏の夕暮れの空は、濃い赤色に染まっていた。夏の終わり、その旅も、こうして黒山羊さんと過ごす時間も残り少なくなり、言葉少なに旅の感傷にひたっていた一コマは、なぜが映画のワンシーンのように蘇る。このように共有してきた膨大な時間を改めて思う。でも、あの時は続きがあったのだ。今は〝これから〟がないのだ。

旅のはじまりは北海道（一九七五）

一九七五年札幌雪祭りが黒山羊さんとの旅の始まり、白山羊にとって初めての飛行機（復路）に乗った旅でもあった。往路は青函トンネル通過の夜行、青函連絡船の抒情を懐かしみながら、朝、札幌までの列車旅、窓外のうさぎやキタキツネ？などの可愛い動物にはしゃいだ。宿は、当時東北大学附属図書館時代、公務員関係の宿泊施設、こぎれいなホテルだった。そこでの朝食も初めてのコンチネンタル・ブレックファスト、何もかも初めて尽くしながら、楽しかった。こちらは冬の北海道、重装備して出かけたのに、現地の知人のびっくりするほどの軽装、ヒールを履いて軽々と雪道を案内してくれた。でも一番の事件は白山羊がすべって転んで、それももんどり打って転んだ。真駒内会場で仰向けになった時、視界に空がまぶしく広がって、痛さよりも空の広さを認識した強烈な思い出を残している。それが、私たちの長い時間の始まりだったのだ。

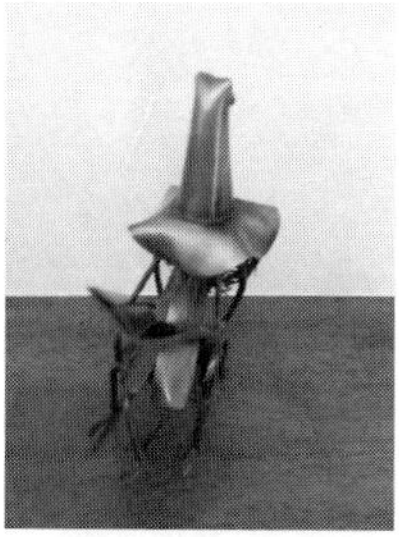

そして二〇一〇年、二度目の黒山羊・白山羊の北海道旅行となる。香港札幌間の直行便があり、北海道大好きな黒山羊さんは、数年北海道通いをしていたので、まるで住んでいるかのようなガイドぶりだった。場所を問わずに美味しいもの、素敵なものを見つける達人、とびきり濃厚な味のヨーグルト、モーニングセットの美味しい店、そして魚介類店で巨大で身厚なホッケをついたことが、昨日のように思い出される。小樽でのショッピング、ガラス製品をくまなく見たこと、黒山羊さんの好きな桜模様の食器をプレゼントしたことなどなど……極めつけは飛行場で銅細工の読書する魔女を見つけたのです。それは少し早い誕生日プレゼントになり、のちに拙書『司書はひそかに魔女になる』（二〇一三年刊）の表紙を飾ることになった。

運命を決めた香港旅行（一九八六）

『まりは旅行中』のあとがき――「一九八六年の暮れ、松本良子さんと香港を訪れた。お互いにいろんなことがあっての旅、あの旅で私は「これで生きられるかもしれない」と香港の風景の中で思い、香港に恋した友は、その後住み着くことになったのだが……病に不安を抱えながらも、身も心も軽くすがすがしい思いだった。今でも私の中には、あのときのあの街角の雑踏、空気、夕暮れの空の色が蘇ってくる。旅はやはり言葉には表せないような大きな意志を、突然与えてくれたりする。あの旅で私は再生できたのかもしれない」――引用部分がその旅のすべてを表していると、三十数年経った今振り返っても、同じ思いがある。

格安ツアーで香港到着したのは夜遅く、九龍半島のホテルに着いたのは深夜に近かった。なのに街は人でごった返していた。お祭りでもあるの？と二人

で首を傾げたが、それが香港の常態、活気あふれる所であったのだ。三泊四日、そこでよく食べよく買い、最後の夜には財布をひっくり返して餃子を食べビールを飲んだ。しかし当時は空港使用料を別途支払う必要があった。そのことを二人ともすっかり失念して、翌日また両替するはめになった失敗談、そんなことも懐かしい。

最も印象的なシーン、町を歩いていた時、ビラが飛んできた。それを拾った黒山羊さん「私の仕事」と言ったのだ。何と日本語教師募集のビラ、運命的なビラだったのだ。

時々の帰国

黒山羊さんは出張で時々帰国した。白山羊も時間が取れれば東京で落ち合った。当時は有名ホテルのレディース・プランなるものがあって、格安で宿泊できた。横浜のホテルニューグランド、高層階からの美しい夜景、元町で買い物をし、中華街で美味しい中華料理を満喫した。

日比谷のパレスホテルに泊まったこともある。白山羊が先に到着、黒山羊さんを待っていた。部屋に入って来るなり「ねぇねぇ、さすが老舗ホテルだね」。何があったのかというと、タクシーでホテルのポーチに着き、料金を払うのに手間取っていた。するといつの間にかドア・ボーイがいて、両替用のピン札が、すっと差し出されたという。「感激！　いいホテルは、サービスだよね」とそのスマートな対応に感心した思い出もある。

ある時、黒山羊さんの一時帰国時に白山羊が上京できずに会えないことも

あった。残念だなぁと思っていたら、カサブランカの抱えきれないほどの花束が届いた。部屋に百合の香が満ちた。嬉しいやら予測を超えたサプライズ・プレゼント、その時お金はこのように使うのかと教えられた、忘れられない出来事になった。

「けだし、名言……」
イースタン&オリエンタル・エクスプレス（一九九九）

アガサ・クリスティーの『オリエント急行殺人事件』を読んでからだろうか、その時期はさだかではないが、その列車に乗りたいという思いが長いこと醸成されていた。それが思いもかけない形で実現する。正統(?)のそれではなかったが、つまりロンドン、パディントン駅からイスタンブールの路線ではないが、イースタン&オリエンタル・エクスプレスというシンガポールからタイのバンコクまでの列車に乗る。一時期連れ合いの仕事の都合で、香港からシンガポールに移り住んでいた黒山羊さんのおかげだった。

駅の待合室へ行っただけで、心が弾んだ。正確に言えばシンガポールではない、隣国のマレーシアにその駅はあった。高い天井を羽根の扇風機がゆったりと旋回していた。もちろんカップルがほとんど、彼女が申し込んだとき、私が

男性かと言われて、「じゃ男装をしなくちゃ」というつもながらの、当意即妙な彼女の答えに相手が大笑いしたと聞いていた。

宝くじには当たらなくても、ときどき思いがけぬ幸運（?）が訪れる。例えば飛行機でビジネスにアップグレードされたりするのだが、このときも、私たちが申し込んだのよりもワンランク上の車両になった。なにせ、個室には専属のアテンダント、それも若い男性がつく。部屋にはソファがあり、夜はそれがベッドになる。もちろんバスルームもついている。石鹸もトワレもブルガリ、さすが高級列車である。内装も落ち着き感があり、乗った途端に嬉しくて飛び跳ね、はしゃぎまわった。

食事はもちろん食堂車、正装して出かける。履きなれぬミュールと、列車の揺れに四苦八苦しながらやっとたどり着いた。そこで出会った稀有な? カップル、黒山羊コラム「一瞬の愛をのせて」に書かれていることである。

途中ペナン島で観光のため下車したとき、バスの最前列にいた男性の腕時計に、めざとい黒山羊さんが視線を釘付けにする。「見て見て!」と彼女の言葉に目を向けた先に、ダイヤモンド付きのロレックスが燦然《さんぜん》としていた。見学を終え、列車に戻るとき、彼らのアテンダントは日本語で「おかえりなさいませ」と言うではないか。そうか、日本語ができる客室係を雇っていた。世の中にはお金でできることが結構あるんだ、というのが驚きの感想である。

そして最後のディナー、向かいの黒山羊さんの様子が変なのだ。私の話への反応がはかばかしくない。何かに気をとられている様子だった。そしてデザートの後、いつもならもう少しゆっくりするのに、早く部屋に戻ろうと彼女が言う。

何かを言いたくて言いたくて、うずうずしているのが、気配で感じられた。そして部屋に戻るなり、彼女はこうのたもうた。「けだし、名言！」と。背後から彼らの話がすっかり聞こえてきたのだという。その会社社長が愛人へ、自分の人生観を披歴し、かつ自分は頼りになる男だと言いたかったのだろう。その名言なるフレーズは

「愛は一瞬、金は一生」、聞いた途端に爆笑である。彼女は笑いを通り越して、ヒクヒクと息も絶え絶えだった。だって、流行語を使用すると〝真逆〟ではないか。われわれにとって、愛は一生、金は一瞬に過ぎ去るのだから。多分に人生で一番笑った出来事。

金沢食べ歩き（二〇一七）

デパ地下で走り回っていた黒山羊さんが目に浮かぶ。食材の豊富なこと、おいしい佃煮の種類もたくさんあった。それで走り回っていたのだ。あんなに元気だったのに……美味しいものに目がなかったのは街を歩いていてもその勘は発揮された。スルスルと暖簾をくぐる。ついていくと美味しい和菓子屋さんがあった。それも高齢のご婦人が店主のこだわりのお店だった。その店でテキパキと働く女性にちょっと外国人訛りを聞き取った黒山羊さん、出身地を訪ねた。「香港」、びっくりだった。そんな偶然、そして金沢棒茶といただく和菓子も絶品だった。

そして多分に人生で最高かもしれないお寿司、タクシー運転手さんが連れて行ってくれた店はビンゴだった。そこでしか食べられないものを頼んだ。クエ（＝アラ）、サルエビ、焙ってから握る万十貝《マンジュガイ》、とろけそうな鰻（金沢では鱧ではなく鰻)、秋茗荷、ゆずが入ったつみれ汁に舌鼓をうった。翌朝寿司ネタを記録しようとしたが、もともと記憶力のない白山羊は、名前通り記憶装置は真っ白、黒山羊さんの抜群の記憶力に助けてもらったのである。

地元の市場めぐり、宿舎から近かった近江町市場へと出かけた。まずおいしいコーヒーを飲みたいと、市場の入口にあった金澤屋珈琲店に入った。市場にあるので、ラフに出入りできるようになっている。道路に面した席に座り、前にあった雑誌を手に取った。全く何気なく手に取った。が、その雑誌を見て驚いた。『珈琲と文化』、知らない、こんな雑誌あったの、今まで見たことない。内容を見てさらに驚く。ちょうどその号の特集は「作品を通じて読むアガサ・クリスティーとコーヒー」、凄い。クオリティの高い内容、学術書にも載りそうなものから、喫茶店経営までと幅広い。東京高田馬場のいなほ書房の出版だ。黒山羊さんと二人で、購読しようかということになった。こんな不思議な出会いもあった。

宇奈月温泉でちょっと時間があり、セレネ美術館へと足を運んだ。黒部の自然をテーマとし、平山郁夫の作品があるらしい。こじんまりした館内はほとん

ど人気がない。その分ゆったりと作品を見ることができた。平山の作品はもちろん素晴らしかった。しかしそこで出会った未知の画家手塚雄三の絵に、心惹かれて立ち止まった。何かが違う、何だろう、呼ばれたような感じだった。「星宿出六峰」六面の屏風絵であった。夕暮れの赤を背に佇む山と、空に見え始めた星々、ドラマチックでも派手さもないが、その静謐《せいひつ》さで圧倒するものがある。その絵の前で二人、しばらく佇んでいた。いや、かなりの時間を費やした。それには、もっと驚くべき作画過程があったのだ。呼ばれたような？感覚があったのは当然とも言えた。同じ風景を昼間から描いた。そしてその夕暮れの時間のために重なりを施したのだ。昼の絵に夜の絵を重ねた。現実の時間軸を作画過程でなぞったのだ。「最終的には見えなくなるけれども、本来の色彩で表してから、それを墨で隠していくのである」と説明文にあった。単に絵の技法ではない。見えない部分の大切さ、物事すべてに通じるような話である。

その黒山羊さんと共有した時、時間の呼吸のようなものが同じだったのではないかと思うのである。

香港通い二十三回

黒山羊さんが香港に移住したのが一九八八年八月、翌年の一九八九年から香港通いが始まった。ほぼ毎年、クリスマスを一緒に過ごすというのが、暗黙の了解になっていた。大方そのために、働いていたと言っても過言ではない。

『香港二〇一五冬』という旅行記は次のように始まる。「アルゼンチンまでもぐりたい」。香港行はトラブル続きで二〇〇九年には、パスポートを忘れて最寄り駅から戻る始末、新幹線駅の古川までタクシーを飛ばした。そして二〇一三年には（これは私のミスではないが）仙台から乗り継ぎのＡＮＡの機体に不具合が生じ欠航、結局は成田まで地上経由、つまり新幹線で行き、予定の午前十時の便から大幅に遅れた夕方の飛行機にやっと搭乗、黒山羊さん宅に着いたのは翌日になっていた。

そして今回は何をしでかしたかと言うと……料金の安い便を探し、東京に泊

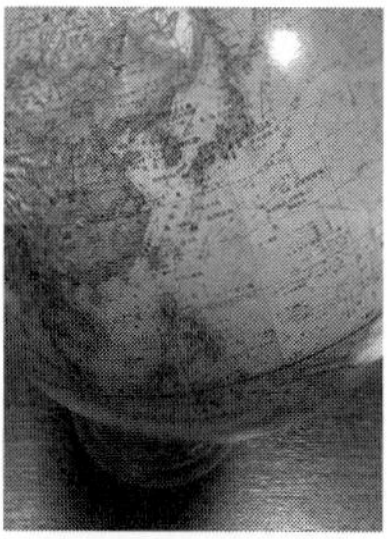

るかわりに機上泊ということにした。そして行きが十二月十四日午前一時三十分、帰りを十二月二十六日午前一時三十分のＡＮＡにしたのである。

当日つまり十二月十三日、家を夕方六時頃でも十分に間に合うとは思ったが、四時過ぎに最寄り駅の列車に乗った。上野経由で夕飯も成田にしようと京成線へ乗車、八時半頃に成田へ着いた。ところが様子がおかしいのだ。ＡＮＡのカウンターには搭乗予定の便がない。翌日つまり十四日午前一時三十分だから、あとで表示されるのだろうと考え、食事をしようと思ったが、レストランはもう閉店準備だった。仕方がない。「これから搭乗する人もいるのに不親切な」と思いながら、端っこの方にあったコンビニでサンドイッチと飲み物を求め、ロビーに戻る。そしてまだ時間があるなぁと、読みかけのミステリーに読みふけっていた。

十時を回った頃だろうか。警備員らしき人が、近寄ってきた。「お客様の搭乗飛行機は？」と聞かれた。持っていたｅチケットを見せた。「羽田国際空港になってますが……」私は声も出なかった。それからのドタバタ劇は省略するが、浜松町駅で羽田のモノレールに乗り換えようとしていた時の「お急ぎください」のアナウンス、最終便十一時三十七分の案内だった。飛び乗った瞬間ドアがしまった。まさに危機一髪、羽田空港はがら空きで、搭乗手続きすべてを終わったのは零時を少し回ったあたりだった。

黒山羊さんには心配をかけるので、搭乗手続き終了後にメールした。「とんでもないドジをした」とだけ書いた。返ってきた返事「飛行場間違えた？」さすが長い付き合いの親友である。すべてお見通しだった。それにしても、この思い込みの強い性格、そして確認しない性格に改めてあきれる。

仙台にいる頃は仙台空港からの直行便があった。満席ということもなくゆったりできるし、居住地が飛行場にも近かったから、最短時間で往復できた時代である。その直行便がＳＡＲＳで廃止になったのは痛手だった。また最初の頃の成田に戻り、羽田空港で大失敗を演じたわけである。

香港は行くたびに新しい観光スポットができている。そして東京にいる頃から、旅の日程はおもてなしの心に満ちていて、楽しませてくれた。強烈に覚えているのは世界一大きい？ 絨毯を見た。吹き抜けのロビーに飾られたそれを、エレベーターに乗って眺める贅沢、あれは六階くらいだったろうか。「ライブラリーカフェ」という素敵な空間にも、閉店するまでしばらく通った。そして、飲茶を筆頭に美味しいものを食べ歩く。あとはショッピング。行き始めた頃は、いつもトランクがパンパンになるほど物を買った。滞在中に仕立ててもらう洋服、フェイクレザーの真っ赤なスーツは、しばらく重宝した。靴もオーダーできた。入りきらないトランクに、二人で乗っては施錠したものだった。時を経るにつれ、買い物も最小限になって小さなトランクで間に合うようにはなったが、すべてが楽しい時間に満ち満ちていた。

クリスマスは正装してディナーに行く。新しくて美味しい場所を、黒山羊さんはいつも開拓していて、案内してくれた。またイギリス植民地の名残、クリスマスは「くるみ割り人形」、そのバレエ公演も楽しい時間だった。贅沢な極上の時間を過ごせた幸せを思う。

最後の卵サンド

二〇二二年一月三十日香港国際空港、朝八時五十五分の東京羽田行きに搭乗予定だった。チックインをした後、黒山羊さんと朝食を摂って別れるのがいつものパターンだった。だが、二〇一九年に起きたデモは香港の日常を様々な所で変えていた。直接関係があったのは、実際の空港利用者以外に空港に出入り禁止となっていたこと。だから、黒山羊さんは迎えの時もロビーではなく、建物の外で待っていた。それに伴いバス停の場所もすっかり変わっていた。帰りも慌ただしく係員が搭乗券をチェックしている手前で別れた。ゆえに恒例となっている？　香港での滞在最後の食事（ほとんどが飲茶であるが）は出来ずじまいだった。その代わりに渡されたものがある。黒山羊さん手製のサンドイッチだった。

チェックインをすませると、すぐにイミグレーション（出入国窓口）へ、す

べて機械化になっている認証ゲートに四苦八苦しながらも通り抜け、急ぎ飲み物を買って、まだ混雑していない搭乗口付近のソファに座った。ヤレヤレと、おもむろにサンドイッチを口にした。卵サンドなのだけど、粒マスタードの入ったそれは、絶妙な味でびっくりだった。パンはもちろん自家製、卵の茹で具合といい、マスタードとの微妙なバランスを味わいながらゆっくりと食した。その時はそれが最後とは思わずに……。

帰国直後からコロナ禍が世界を覆う。旅も途切れ、もちろん香港行も最後となる。

偉大なるインフルエンサー

逆輸入

黒山羊さんが香港へ移住してからは、香港でクリスマスを過ごすのが恒例となった。帰国すると教え子たちが言う。「今度の逆輸入は何ですか？」日本のTVをあまり見ない私は、黒山羊さんのところでそれを見るのだ。古い所では宮藤官九郎脚本の「タイガー&ドラゴン」、日本にもこんな面白いドラマがあったのかと驚いた。それからしばらく、長瀬智也のファンになった。そして松嶋菜々子主演の「やまとなでしこ」、放映当時話題になっていたのだろうが、全く知らずに香港で見てはまった。主題歌がMISIA《ミーシャ》の歌だというのもあとで知ってびっくり。一周遅れなどの比ではない、かなりの遅れである。

またドラマではないが、面白い番組の目利きなのだ。今ではNHKの看板番組になっている「サラメシ」、最初の頃夜中の番組だった。「面白いから見て」と言われ、録画して見ていたが、あれよあれよという間にゴールデンアワーにデンと居座る番組になってしまった。

あと一つは高橋克典の司会による「ワタシが日本に住む理由」、日本に住む外国人の多様性にも驚くし、また日本人以上に日本文化に精通している。登場する人々の志の高さにも感動することが多い。並々ならぬ漢字通もいたりして、そして出場者のほぼ九十パーセント以上は日本語が完璧だ。そんな面白い番組をキャッチする能力、最後は辻仁成の「ボンジュール・パリ」だった。芥川賞作家ではあったが当時あまり興味はなく、女優とばかり結婚する人かぁという感想、それが中山美穂と離婚し、シングルファーザーになってからは、若干見る目が変わってきた。そしてNHK BSで始まった彼のパリ生活記録、子どもを育てるため、コミュニケーション手段としての料理、それが抜群にうまいのだ。二人で「昔は彼に興味なかったけどね……」料理男子は素敵な人が多い。彼コウケンテツは、二人で参加した「夏の学校」の講師で一緒に話を聞いた。彼が世界中を旅してその国の料理を探訪する番組も香港で一緒に見るのが定番だった。

ロシアンティーから始まる

一九七〇年代、仙台にできたロシア料理店、タイトル通りの印象的な絵、クラムスコイの「忘れえぬ人」に惹きつけられた。因みにその絵、ロシア版モナ・リザとも言われる傑作名画である。もちろん料理もおいしかった。ピロシキ、シチューをパイで包んだ壺焼き、そして供されるお茶はロシアンティー、ジャム入りの当時は全くエキゾチックなそれが気に入り、そのジャムを買っては泊まりに来た黒山羊さんとよく飲んだ。

次はアップルティー、それを飲んだ時の衝撃は遠いものとなってはいるが、やっぱりアップルティーはフォションである。黒山羊さんが香港に行き、それは安く手に入るからと送ってもらうようになった。

北海道旅行で小樽に行った。素敵な佇まいのお店、オルゴール博物館とまではいかないが、喫茶店をかねていた。そこでミニオルゴール・コンサートがあった。そのチケットは紅茶とセット、供された紅茶はマンゴーティーだった。初めて飲んだそれは、マンゴーの香りの芳醇な味だった。店を出るとき黒いシンプルな缶が目に入った。マンゴーティーを販売していたのだ。しかし驚くほどの高値、ブランド輸入品以上のそれに、さすがの私も躊躇《ちゅうちょ》した。しかし翌朝大きく後悔することとなる。老舗ホテルに宿泊していたのだが、その朝食の紅茶の味に、前日のマンゴーティーがいかに格別だったかを思い知らされた。街中のホテルやお店をあたってもあるはずがなく、すごすごと帰ることとなった。旅先での買い物は、その時、そこでしか買えないのだ。

悔しくてあまりあるとはこのことか、それをすぐ黒山羊さんに話したのだと思う。ほどなくしてマンゴーティーが届いた。「香港には世界中のものがあるからね……」

それから黒山羊さんからの小包にはおいしい紅茶が定番となった。そしてもう十年くらい前になるだろうか。いつも行くセントラルのモールを歩いていた。「ここの美味しいから」と黒山羊さんが店へと入る。看板はＴＷＧと読めた。「エッ、トワイニングなの、どうして？」と思っていたら「シンガポールの老

舗でね、トワイニングじゃないよ」と言われた。

よく見ると商標が「TEA　WG1837」、セール品の価格でもすごく高価、試しにブルーの美しい缶のフレンチ・アールグレイを購入した。それからはこのＴＷＧが定番となり、アールグレイの別バージョンEarl Grey GENTLEMAN「TEAや、彼女が晩年大好きだったGRAND WEDDING「TEAが小包に入ってくるようになった。そこでのローストビーフサンドイッチのジューシーだったこと、唸りたくなるような味だったが、値段もまた唸りたくなるほどだった。もちろんいつも通り黒山羊さんの財布だけど……。

そしておいしい中国茶、菊の花が咲くお茶や、茶葉が本当に長いお茶は、上品な味わいだった。そんな香港でなければ入手できないものの、彼女のおかげで数々の恩恵にあずかれたのだ。

パン焼き器

五十代の頃だったろうか。黒山羊さん宅の朝食のパンが自家製に変わった。それまでは香港にもあったドンク（神戸のパン屋）のを常食にしていたが、パン焼き器を買ったのだ。器械が焼いたとはいえ、焼き立てのパンは美味しいにきまっている。帰国してまた教え子たちに、パン焼き器買おうかしらと言ったら、「先生、すぐ夢中になるから、退職してからにしてください」と忠告された。ワハハ、私の習性をよくご存じで……教え子の一人「焼き立て美味しいから、私ならすぐ全部食べちゃうかも」にはさもありなんと納得した。焼き立てパンの匂いと、コーヒーの香りほど、仕合せ感を満たしてくれるものはない。

退職して真っ先に実行したことの一つである。その頃帰郷して母と住んでいたのだが、退職祝に友人たちからプレゼントが届く。母も何か記念に贈りたいというので、パン焼き器を注文した。当時通販生活で求めたそれは、凄い優

れもので、おいしいパンが焼けた。それまでパンを好まなかった母（父はひとりでパンを食べていた）が、おいしいという。耳まで食べられると、それまでのパン嫌いを返上したほどだ。それからパン焼き器は二代目になったが、活躍中である。これも黒山羊さんをマネっこした生活習慣のひとつである。

音楽

黒山羊さんが在仙中はよくクラシックコンサートへ出かけた。小澤征爾が世界のオザワになる前だったから、仙台でもまだ演奏会があった。あとで知ったのだが、幸運なことに武満徹の「ノーヴェンバー・ステップス」の本邦初演を聞くことができたのだ。武満さんが最後に恥じらうように舞台に現れたこと、小澤の演奏者を称える指揮ぶりに二人ですごく感動したことが蘇る。

また中村紘子さんの演奏会にも行った。オーバーブッキングならぬ過剰にチケットを販売する時代だったのか、座席に収まりきらない人々を舞台に上げ、周りにパイプ椅子を置いて中村さんは演奏した。これもびっくりした出来事、あの華麗でダイナミックな演奏と、舞台上に上げられて困惑しているような? 聴衆を思い出す。

そして白山羊の香港通いがはじまると、家でバックグラウンド・ミュージッ

クに流れているＣＤに魅了された。行くたびに真似をしてそのＣＤを買ってきた。ポップスやジャズのジャンルのＣＤは、ほとんどが黒山羊コレクションである。中でも映画音楽のジャズ版は、愛聴ＣＤのひとつ、女性ボーカリスト、ダイアナ・クラールも大好きである。

チェロがやって来る

生のコンサートには行けずじまいだったが、二人ともヨーヨー・マの大ファンだった。もちろん同じCDも持っている。弦楽器の中で、ヴァイオリンの音色よりもチェロの音色が好きなことも共通していた。そんな経過もあって五十歳を過ぎた頃、黒山羊さんがチェロを習い始めた。すぐマネっこをする白山羊も習いたいなぁと指をくわえた。いろいろ検討したが日本は事情が許さないので断念、つまりは楽器を運ぶ手段の問題である。車なし、もちろん免許なしの白山羊は、バスで移動はちょっと無理と判断した。因みに、香港のチェロ教室事情は、楽器を貸してくれるのだと聞いてうらやましかった。

遺品整理をしていた堀さんから、「チェロが出てきました」と連絡があった。そうか、買っていたのかと驚く。その後黒山羊さんは腱鞘炎にかかってチェロを習うのをやめていたからだ。「近くだったらもらうんだけど……」と返信し

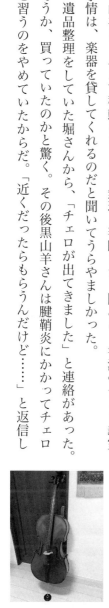

たのだが、香港ではもらい手が見つからなかった。楽器を捨てるに忍びないとチェロは日本に向けて旅立つことになった。

＊海を越えてチェロが到着、全く初めての楽器は扱うまでが大仕事だった。そして今ギーコギーコと「セロ弾きのゴーシュ（左）」ならぬ「セロ弾きのドロワ（右）」、どういうわけか庭先に雀が寄って来る。

贅沢な居住空間

黒山羊さんが会社を立ち上げて引っ越しをした。それが仰天するような豪邸、高級住宅地バギオ・ヴィラだった。香港では、住居は会社から支給になるシステム、常駐の警備員が配されていた。走り回ってもあまりあるような広いリビング、天井から床までの一枚張りのガラス窓から見える海、贅沢な空間だった。そしてそれまで縁のなかった贅沢さを、一年のうち数日でも満喫することができた。まさに至福の時間だった。

彼女が体調を崩し、五十代初めで引っ越したのがランタオ島のディスカバリー・ベイ、そこの住環境も素晴らしく、香港島セントラルからフェリーで三十分弱、島は車が業務用のみが許可、自家用車は禁止で、ゴルフカートが走るだけだ。フェリーが到着すると、ものの十分くらいで個々のヴィラへ行くバスがあっという間に人を乗せ、フェリーから吐き出された人々は、嘘のように

いなくなるのだ。その迅速性と合理性にも、いつも驚いたものだ。いやそれよりも、その家の窓からの景観の素晴らしさは、バギオ・ヴィラ以上のものだった。遠くに九龍半島と香港島が望める。晴れた日のそれは、ただただ眺めているだけでよかった。遅いゆっくりした朝食のあと、風景を眺めながらおしゃべり、例えようがないほどのひとときだった。

ディスカバリー・ベイへ引っ越した時だったか、リビングに一目ぼれするような大きなテーブルがあった。アフリカ製だというそれは一枚板、とにかく肌触りが特別、それで数えきれないほど食卓を囲んだ。それと比較できるものではないが、実家に戻るため家を改築した時、天井を吹き抜けにしたのも、大きなダイニングテーブルを買ったのも、黒山羊さんの影響なのだ。

空の香水瓶事件

白山羊が一目ぼれ？　したのが、黒山羊さんのセンスのよさだった。シンプルで上品だった。『ミセス・ハリス、パリへ行く』この映画を見ながら、彼女が見たら喜んだろうなとつい思う。最初予告編を見た時「これ、「ハリスおばさん、パリへ行く」じゃないの」という勘は当たっていた。一時はまっていたポール・ギャリコのハリスおばさんシリーズ、痛快な人物像は映画にも生きていた。映画の脚本なのかクリスチャン・ディオールのオートクチュールが出てきた。その衣装に魅せられたミセス・ハリスが、パリへ行く。旧弊なディオールの会社経営が行き詰まりを迎えている苦境を、彼女の提言が改革をもたらすという希望に満ちたドラマだった。オートクチュールという枠を破れなかった彼らに、ストッキングや香水という大衆にリーズナブルに提供できるものを示した。その香水でまた黒山羊さんにつながる思い出が蘇る。

白山羊の最初の海外旅行は一九七六年ヨーロッパ格安弾丸ツアー、二週間で主要国を回った。その時も黒山羊さんと一緒に行きたかったが、休暇を同時にとれないこともあって、白山羊一人での決行だった。お土産を頼まれる。サン・ローランの「Yイグレック」、ハテ、ブランド名は知っていても、香水の名前は、叔父のアメリカ旅行土産シャネルの五番しか知らなかった。大学での第二外国語はフランス語ながら、Yの読みがイグレックという知識は消えていたのだろう。オシャレな名前だなぁという感想を持った。そんな情報通も数段上を行っていた。そしてその香水を黒山羊さんに手渡した。

しばらくしてから、「あのね、瓶が空だったの。香水が蒸発していたらしい」と衝撃的な話をされる。昔から白山羊は、こんなとんでもない事態に遭遇する運命なのか。今なら大笑いだが、その時は恐縮するばかり、間の悪い人なのだ。今ならいろんな方法が考えられるけど、黒山羊さんはフランス大使館に問い合わせをしたという。しかし、対処してもらえなかった。半世紀前の香水蒸発事件である。

ウラガメンジ〜、ウラガメンジ〜

香港は世界中からの流通拠点、それはオシャレもそうだった。洋服はほとんど香港で求めることが多かった。一つはイギリスのマークス&スペンサー、サイズが合うし、リーズナブルなので、結構通ったお店である。もう一ヶ所は、今はないペダーズ・ビルディング、セントラルにあったそれは四階建ての瀟洒なビル、ほぼ一日中、入居している何十というお店を見ても飽きなかった。特に日本人経営のスカーフのお店があって、パシュミナが流行し始めた時も、いち早く買った。香港の流行は日本よりいつも早かったから、私はいつも自慢げ？に友人・教え子たちに見せびらかした。

そのビルに手ごろなお土産店があった。麻のハンカチ、中国製のシルクパジャマ等の絹製品、カシミアのセーター等、毎回お土産調達の一番手だった。

ある時の黒山羊さんからの電話、「あのお店に行ったら、ウラガメンジ〜、

ウラガメンジ〜って言うんだよ」「何、その呪文みたいなもの？ 幽霊でも出てきそうじゃない」。その答えは「裏が綿地」、日本人客が多いから、香港人の店員は、何かの製品が良質であることを言いたかったらしい。それからしばらく、黒山羊・白山羊の間では、ウラガメンジ〜のお店となった。

今でも愛用しているセーターがある。黒山羊さんが香港に行ってすぐの頃に送ってもらった紺とグレーのボーダー、タートルネックのそれは、本当に優れもので着心地もいい。そちこちに穴が開いたのを繕って三十年以上も着ているのだ。有名ブランドの訳あり商品を、タグを切り、ただみたいな値段で処分するのだという。そのセーターは、ブランドはプランテーションらしかったが、そんなものを見つけるのも天才的で、白山羊は本当にその恩恵にあずかった。

そしてなんと言っても二人ではしゃいだのは、横丁にある市場だった。フェイク商品があるのはもちろんだが、超安い商品の中から、優れものを見つけることを競った。楽しい時間だった。安価ながら、買う楽しみを満たしてくれた。

白のワイシャツ一枚が素敵になる。魔法はスカーフ、それもエルメスのスカーフの質感、シルクの張りは他のブランドと違う。スカーフ・リングをするとしっかりとまとまる、それを教えてくれたのも黒山羊さん、極上のそれは、勝負服の時に登場しては、大役を果たす。今ではとても買えないが、現役時代に数枚求めた。

それから別の大事なスカーフもある。黒山羊さんが東京にいる頃の誕生日の贈り物だった。米倉斉加年《よねくらまさかね》のイラストが評判になった頃、新宿紀伊國屋書店で個展があって見に行った時求めたものだという。黒をベースに白と銀色の無彩色でくっきりと描かれた女性と鳥の絵、色遣いがシンプルなのに、ひどく妖艶で美しい。これも四十年以上の愛用の品である。「会場を出るときびっくりしたの。ありがとうございますとソフトな美声で言われて見ると、なんと米倉さんご本人だったのよ」というエピソード付きの贈り物だ。

そして黒山羊さんが帰国するとイッセイ・ミヤケのお店に直行、プリーツ・プリーズを求め、プランテーション*は、二人で一番多く着たブランドである。

＊イッセイミヤケから誕生したブランド

数々のプレゼント

「星空のカフェテラス」

はじめて「星空のカフェテラス」を見つけた時、眼が釘付けになったのを覚えている。何この明るさは、何この黄色は、そして空の色は、星空はと、一瞬にして私を虜にしたゴッホの絵があった。旅が好きな私にとって、その絵は夢そのもののようだった。夕暮れや夜のカフェでぼんやりしている時間ほど、至福の時はない。すべての日常から開放され、雑事や心配事も現実とは少し遠い。そして大好きな藍色が主調である夜空にまたたく星星。訪れた街々の風景をも凝縮して、私の至福がつまった絵のようだった。

青天の霹靂のような事件があり、以前の住まいを転居せざるを得なくなった時がある。友人たちに相談して、周りもいい所が見つかるか心配してくれていた。即決即断という性癖（？）があるらしい私は、黒山羊さんが数日後に電話をくれた時には、転居先を見つけていた。あまりの速さに少しあきれ気味だっ

た と思う。そしてその翌日のことだった。「あのね、引越し祝いの品頼んできた。楽しみにしててね」。さすが私の友人と、また私の周りで話題になった出来事である。

さて、その引越し祝いを実際手にしたのは、壊れ物だったため彼女の帰国まで少し時間を要した。それがゴッホ「星空のカフェテラス」を皿に焼き付けたものである。香港に店のあるドイツの会社が名画の皿を発売していたという。私の電話の翌日、その店を通りかかった彼女は、それを思いつき注文してくれたのだ。名画といっても、作品は限定されていた。それがあってよかったと話していた。白山羊が好きなことを、いつもどこかにとどめておいてくれていた。

ドゥダメルのCD

二〇一七年のニューイヤーコンサート、指揮者はグスターボ・ドゥダメル、ベネズエラのエル・システマという音楽育成システムで見出された天才指揮者、音楽性も人間性も素晴らしく世界中を虜にしたに違いない。白山羊もその一人、おおらかで楽しい音楽だった。その年は旧正月に香港へ行った。いつも行く文化センター（面白いもの、気の利いたものがあるショッピングスポット）へと立ち寄った。ニューイヤーコンサートのCDが置いてあった。もちろんコンサートが終わってすぐだから当年版はリリースされていない。そんなこと忘れていたら、その年の黒山羊さんからの誕生日の小包にCDが入っていた。そんな嬉しいプレゼントがたくさんあるのだ。

「第三の男」

ある時、白山羊の帰国間際だった。「これ着て、真理さん似合うよ。買ったけど重いのよ。」と差し出されたものは、アクアスキュータムの紺色トレンチコート、オーソドックスで素敵なことこの上ない。高価なものを惜しげもなくプレゼントされ、一瞬唖然として言葉がなかった記憶がある。

スタイリスト原由美子のエッセイに、映画と女優の着こなしを書いたものがあった。その中で「第三の男」のラストシーン、アリダ・ヴァリのトレンチコートの後ろ姿、一度も振り返ることなく毅然と去る姿を絶賛していた。その話のことも、きっと記憶にあったのだ。当然そんなに素敵な着こなしはできていないが、今でもその材質はほとんど変わらず愛用している。

因みにミーハーの白山羊は「第三の男」のロケ地、プラータ公園の観覧車にも乗り、ラストシーンの中央墓地も訪れた。

スウォッチ

今気に入って愛用の時計は、モディリアーニの「デディの肖像」のスウォッチ時計である。顔が文字盤に描かれ、ベルト全体で一体をなすようにデザインされている。このブランドを黒山羊さんからプレゼントされたのは、これもずいぶん前、まだ日本で流行していない頃、斬新なデザインの美しい時計が届いた。ベルトも時計板も鮮やかなブルーと白、模様は中国的な幾何学模様、文字盤が大きいから授業の時は最適だった。時々学生から綺麗ですねと言われたこともあった。

それから渡米前に届いた品は、裏に「天長地久」と彫ってあるスイス製のTITUS、お互い元気で長生きできますように、友情も続きますようにと願いを込めたと言っていたのに……晩年母の時計が壊れた。私の所持している時計の中から好きなのを使ってと言ったら、これを選び、気に入ったようで最期まで愛用していた。もちろん今でも健在で使用している。

遺品の中から身に着けていた時計をもらおうかなと、堀さんに連絡した。そしたら、ブランド品が四、五点出てきた。いいものを身に着けているのは知っていたが、全然目利きではない白山羊はホデナシ*だった。でもと今になって思う。どんなブランド品を持っていようが、黒山羊さんは一度たりとそれを自慢したことなどなかった。お互いの価値観がそういうものにないことを知っており、またビンボーな白山羊を思いやってのことだと思う。

＊著者居住(東北地方)地域の方言。愚か者の意。

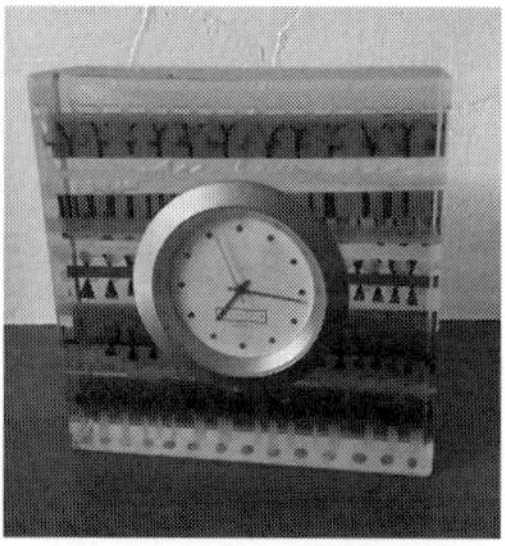

イヤリングの置き土産

在米中、シカゴへ行った時か、ニューヨークへ行った時かは失念したが、飛行機を降りた途端、何かの衝撃で、付けていたイヤリングの片方がパーンと遠くへ飛んで行った。その着地点は、通路の隙間に見事にはまっていた。なんでこういうことは、不思議なほどに妙にぴったりと場所が決まるんだ？と白山羊は目が白黒、呆然とした。「黒山羊さんの言うとおりになったよ。失くしてもいいイヤリング、ここに置いていくわ」と内心うそぶくほかはない。

どういうことかというと、渡米前黒山羊さんから餞別が届いた。アクセサリー類の中に、十組ほどのイヤリングがあった。イヤリングもピアスでない時代である。それが、失くしてもいいものと失くしてはいけないものに分別してあるではないか。失くしていいものは安価なものだったかもしれないが、センスのいい黒山羊さん、ぬかりなく素敵だった。始終イヤリングの片方を失くしてばかりいる白山羊へのプレゼントだった。笑うほかない。忠実にそれを持参した。それで前記の事件が起こったのだ。そのアメリカの飛行場の通路にはまったイヤリングは、ブルーの素敵な石がはめてあった。

蛇足であるが、在米中図書館の同僚がアクセサリーを褒めてくれた。そのたびに、友人がくれたと言うと、ボーイフレンドじゃないのかと納得してくれなかった。

セレンディピティ

どこで見つけてくるのか、ハッとするほど素敵なものを何度プレゼントされたことだろう。そんなものが周りにたくさんある。キッチン・カウンターに置いている小さな時計、台板はブルーの線模様のガラスに、時計の文字盤が組み込んである。テーブルにはウィリアムス・モリスの模様の大きなペーパー・ウェイト、仕事机にはゴッホのアーモンドの木デザインの小さなペーパー・ウェイト、ピアノの上にはアフリカ製の手彫りの木の器、その自然なカーブに手触りがいい。鏡台には手鏡、知り合って最初の頃の誕生日プレゼントだった。形も素敵だが裏の模様が桜の下の牛車（屋形車）が細工されている。銀製のかなり高価なものだったのだろう。それは半世紀を経ても健在だ。キッチンの天井に吊るしてあるモービルは、フクロウが本を読んでいるデザインだ。そしてもちろん、前述した「星空のカフェテラス」はリビングを飾っている。

　そしていつも必ず送られてきたものがブックマーク、栞である。香港には宗主国であったイギリス文化のせいか、本当に多様なものがあった。自著出版の際にいつも出版社で作ってくれる栞は、ほとんどが黒山羊さんからのプレゼントをあしらったもの、『司書はときどき魔女になる』の表紙を飾ったのもそれである。数年前に入っていたものに驚き電話した。「エミリー・ディキンソン好きなの知ってた？」「ううん、知らなかった。なんとなく選んだんだけどね……」。それは真鍮製、上部にディキンソンの顔があり、下部に自筆の詩〝Wilds nights〟が彫ってある素晴らしい一品である。

　誕生日には必ずプレゼントが届いた。美しいもの、それも抜群にそれをチョイスする勘が鋭かった。黒山羊さんが香港へ移住初期の頃は、ウェッジウッドのコーヒーカップ、さまざまのバージョンでコーヒータイムを飾ってくれた。残念ながら東日本大震災で、すべてが壊れてしまったけれど……しかし、セレンディピティの黒山羊さんのおかげで、本当に上質のものに恵まれて日常を過ごせた。いや今でも過ごしている。

　そして二〇二二年、黒山羊さんは私の誕生日に入院した。なのでプレゼント

はなかったのだが、その一ヶ月前、彼女が何かの企画に応募してゲットした高級牛肉が届き、それが最後のプレゼントとなった。またその前三月にLINEで美しい桜色のマスクの写真が送られてきた。「綺麗ねぇ」と返信したら、それから数日して航空便が届いた。その美しいマスクが大量に入っていた。ちょうど桜の季節に向けて、友人・教え子たちにそのマスクを配った。そんな贈り物の余韻が、いまだに生活を覆っている。

黒山羊名言集

真理さんが仕合せならそれでいい

この言葉を言われた時のことを、そのシーンまで蘇る。まだ知り合ってまもない頃だった。当時の仙台市一番町のバス停、後ろは工事をしていて白いフェンスがあった。多分に食事をしての遅い時間だったろう。二人とも同方向の八木山方面バスを待っていた。当時黒山羊さんは西の平、私は恵和町に住んでいた。その頃白山羊は辛い恋をしていた。事情を話した周りのほとんどが「傷つくばかりだから……」と言うのに黒山羊さんの言葉は違った。「真理さんが仕合せなら、それでいい」。その時私は、凄い言葉をもらったのだと思い、正直びっくりした。今思うとあの時、真の友になったのだと思う。

人は決心を翻す決心をすることも大事

四十代半ばだったろうか、これも辛い選択を迫られたことがある。一大決心をして黒山羊さんに告げた。しかしその一大決心は、はかなくも破られ、恥ずかしくてしばらく彼女に言えないでいた。そして返ってきた言葉「人は決心を翻す決心をすることも大事です。私はそれを会社を経営することで学びました」、FAX（当時の連絡手段はFAX）でそれを見た時、すべてを許し、認めてくれる心に本当に救われた。

人間は生きてきたように死ぬ

父と家族の思い出を書いた拙書『ふるさとの臥牛に立ちて』（二〇〇五年刊）にも書いたが、父の死を前にして動揺していた白山羊に言ったのだ。「人間は生きてきたように死ぬと言うわ。だから、あなたのお父様は絶対安らかな最期だと思うの」、父の死と向き合う不安を静かに払しょくする言葉だった。そして言葉通り、父は安らかに逝った。

インターネットなんかなかったんだよ！

母は料理上手で、いろいろ自分でも工夫する人だった。母が亡くなってから黒山羊さんとの電話である。母が漬けた梅干しやらっきょうは、ミラノにいた従妹と黒山羊さんの所へ送っていた。そのらっきょうが、時間が経つとふつうはフニャフニャになるのに、パリッとして本当に美味しかったというのだ。確かにそうだった。母は漬ける調味液を沸騰させてかけていたのだ。そのことを話した時「お母様、すごいねぇ。だって、インターネットなんかなかったんだよ！」、聞くと同時に吹き出した。名言である。

圧倒されたよ

白山羊の仕事をいつも励ましてくれた黒山羊さん、「シェラクラブ通信」のCINEMA　REVIEWで「ドライブ・マイ・カー」を書いた時の言葉である。ちょっと自信作？　でもあったので、その嬉しさは格別だった。文章に包摂されたものを、正確に受け取ってくれる読み手だった。WOWOWで放映されるのを楽しみにしていたのに、その時は入院時、とうとう見ないままに逝ってしまったのだ。

その通信の記念号に寄稿した黒山羊さんの言葉である。

五十号記念に寄せて

白山羊さん、「シェラクラブ通信」五十号、おめでとうございます。

白山羊さんと出会ったのは二十代の初めです。定住に縁がない私は、それから四十年以上の歳月を、白山羊さんとは遠く離れて暮らしてきました。遠距離恋愛ならぬ遠距離友情を育んできたわけです。手紙やファクスやメールでおしゃべりを重ねるうちに心の距離はどんどん縮まって、親友と呼べる友になり、いつの間にか白山羊と黒山羊というニックネームが誕生していました。

東京都の半分の面積の香港では、公開される映画の数は限られ、輸送費が加

算されてばか高い値段の日本の書籍にはなかなか手が届きません。そんな状況のなか、「シェラクラブ通信」のBOOK REVIEWとCINEMA REVIEWを読むことで、まるで赤毛のアンのように、私は想像の翼を広げて本や映画を楽しめるのです。

二十八号のCINEMA REVIEW(韓国TVドラマ「オジャッキョの兄弟たち」)は、「このドラマの作り手は、いろいろな手を写し出した」という書き出しで始まっています。白山羊さんは、このドラマの作り手が「たくさんの手の表情を通して、せりふにならない多くのものを語るのだ」と柔らかな感性で見抜いていて、私はこのエッセイが大好きです。ディテールを見逃さず、本質を捉える目を持つ白山羊さんは、「シェラクラブ通信」を「日常を綴るニューズレター（発刊の辞より）」を超えた極上の読みものに育てました。

二〇二〇年四月の創刊号で、白山羊さんは「お金と時間とどちらを取るかで時間を選んだ」と言っています。いかにも白山羊さんらしい選択です。選び取った時間のなかで、料理を楽しみ、庭仕事をし、旅を遊び、仕事をこなし、「シェラクラブ通信」を発刊する白山羊さんは、いったい何本の手を持っているのでしょう。まだ私たちに見せていない手の内がありそうで、これからも「シェラクラブ通信」を手にするたびにわくわくしそうです。

（腹心の友　香港在住）

百号記念に寄せて

「シェラクラブ通信」五十一号（二〇一四年十一月）の頃、香港は雨傘運動で揺れていました。あれから香港は次第に寡黙になりつつありますが、白山羊さんは百日紅《サルスベリ》の花言葉のように「雄弁」に語り続け、「シェラクラブ通信」は百号を迎えました。人生百年時代と言われる現代、百歳長寿というわけです。

百日草《ジニア》という花があります。開花期間が長いことから、英語の別名はYouth-and -old-age。開花して時間を経た花と若い花が混在して楽しませてくれます。魔女っ子たちの書き手としての才能を開花させた魔女先生こと白山羊さん。花の形も色も多種多様な百日草は、まるで「シェラクラブ通信」のようです。

「知識人というのは有名大学に入って大企業に就職する人ではなく、正確に本を読める人、不正確な言葉を使わない人のことです」。この大江健三郎の言葉に白山羊さんが重なります。百号、本当におめでとうございます。

（黒山羊コラム担当　香港在住の親友）

＊二〇二三年四月にシェラクラブ通信は百五十号を迎えた。そこに黒山羊さんの言葉はないのだ。

白山羊さんがまたジャンプだ!!

ある時メールを開いた。その差出人？ Chizuko Uenoとあった。エーッ！嘘でしょう。それが嘘ではなかった。『図書館魔女は不眠症』のあとがきに、講演会後のサイン会での彼女のことを書いている。それまでの著作を通しての崇拝が、その柔らかな雰囲気からその人柄にすっかり魅了されていた。その時自著を差し上げればよかったとは思っても後の祭り、そのままになっていた。そして、今度の本はフェミニズムがメインテーマ、送ることにした。彼女はＮＰＯ法人WAN（Women's Action Network）の理事長、そこ宛てに送った。目を通してもらえばラッキー、そんな気持ちだった。それが本人からのメール、吃驚してしばらくフワフワしていた。メールの内容は、冒頭『彼女は頭が悪いから』に取り上げた彼女の祝辞、最後までそれを削ろうかどうか迷った部分だったが、残していてよかったとある。WANのブックストアに「著者・編集者の紹介」コーナーがあるので、そこに投稿してはどうかという提案だった。

それを告げた黒山羊さんのメール「『吃驚するほど嬉しかったこと』って何だろうと、いろいろ勝手に想像していた黒山羊でした。上野千鶴子さんからのメールだなんて想像が追いつきませんよね。素晴らしい！　白山羊さんがまたジャンプだ!!　黒山羊も嬉しくて仕方がないです。」

この言葉、黒山羊さんの遺言だと思っている。

様々な場面で

中田選手

二〇二二年サッカーワールドカップ、日本コスタリカ戦、中田英寿が観戦しているのをTV画面が捉えた。相変わらず素敵だ。彼が引退して私のサッカー熱は一気に冷めてしまったのだが、これも黒山羊さんの思い出につながる。

香港の高級デパート、レイン・クロフォードを黒山羊さんがぶらぶらしていたら、遠くに元日本代表中田選手を見つけたという。私がファンなのを知っていた黒山羊さん、「あ、白山羊さんにサインもらおうかな」と近くまで行くと、彼に電話がかかってきた。それがただならない気配、急ぎ足で立ち去った。時を置かず彼女の電話も鳴った。「日本が大変なことになっている」と友人エミィからだった。それは、東日本大震災の日二〇一一年三月十一日のこと、衝撃が去って数年後、白山羊はその偶然というか驚くべき話を聞いたのだ。

その東日本大震災、多分に電気の復旧に十日以上がかかり、通信手段は遮断されていた。TV報道はすべてに津波に飲み込まれる映像、原発事故の災禍ばかり、不安は膨らむばかりだったろう。やっと通信手段が回復、電話での黒山羊さんの第一声「生きた心地がしなかった」、その言葉に込められた思いの深さは、今でも白山羊を支える一つである。

白山羊ウィルス

これは黒山羊さん一時帰国時のエピソード。

「この頃白山羊病が移ってね」、東京に着いた黒山羊さんからの電話である。「何だ、何だ」と思っていると、一つ、確認忘れ（冷房をつけたまま家を出てしまい、トランクを道の真ん中に置き去りにして舞い戻ったとか。二つ、置き忘れ（前回母の梅干を送ったときのタッパーを持ってこようとして、中にお菓子つめて冷蔵庫に入れて忘れてきたらしい。わざわざ買いに行ったお菓子だぞうだ）三つ、飛行機のトイレ、トイレットペーパーがはずれたって、ハハハ！（私も経験あり）

成田からリムジンバスに乗る。「頭に来たのよ」（変な人にでも会ったか？）

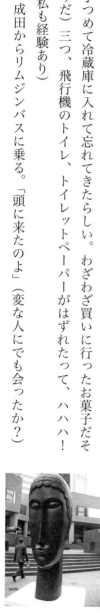

と次の言葉を待つ。人ではなくて言葉に会った様子である。座席の前に「シートベルトを締めましょう」、ここまではいい。次に「財布の紐も締めましょう」と書いてあったとか。聞いた途端爆笑である。「私に失礼よ」

大浪費癖のある黒山羊さんに、そりゃないでしょう。「シートベルトを締めましょう」は全席共通だったらしいが、財布の紐のほうは、個別だという。私の「Born to buy」と一緒だ。ニュー・オリンズで案内のおじさんがバッチをくれた。連れには「I love New Orleans」だったのに、私には買い物好きとはね。よく知ってらぁ。

それにしても白山羊のドジはうつるんです。黒山羊さんの締めくくり「座席に説教されたくない」同感、同感。

翻訳権

「えーっ!どうしてあなたの名前にしなかったのよ!」白山羊は大声を出した。「著作権の中にはね、翻訳権というのもあってね……」驚いたのなんのって、黒山羊さんの人生での一番の大仕事、香港の労働法を日本語に翻訳したのに、それを会社名にしたというではないか。「知らなかった。その時聞けばよかった」。

香港へ渡って四年目の一九九二年、以前勤務した損保保険会社の上司とスタッフ・マネジメント・コンサルタンシーを立ち上げた。香港へ進出した日本企業へ労務管理のアドバイスをする業務、その一環として彼女が香港の労働法を翻訳した。もちろん専門家の監修の下ではあるが、その本は法律改正の度に一部修正で現在も香港で販売されている。

翻訳した時現物を見ていればと思うが、会社名で出版したのを知らなかった。著作権料をもらう権利を知らないで放棄して、会社にとっては貴重な置き土産になったのだ。「私たち、金に縁がないのよ」とボソッと黒山羊さんはつぶやいた。そして「金は一瞬だからね！」イースタン＆オリエンタル・エクスプレスでの迷言に戻り、爆笑で終わった。

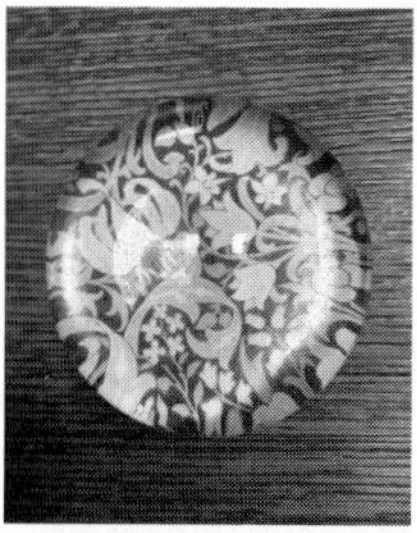

踏み石（stepping stone）

日曜美術館（NHK二〇一〇年六月放映）で取り上げられたフランソワーズ・ジロー、数多いピカソを取り巻く女性たちの中で、唯一自ら決別をした女性である。当時存命でニューヨークで創作活動を続ける。幻想的な赤を基調にした具象画である。九十歳に近い彼女は、なおも燦然《さんぜん》と輝くような美しさを湛えてインタヴューに応じていた。

別れを言い出したとき、ここを出たら砂漠だとピカソに言われたとか。「でも、どこにも砂漠はなかった」と言い切るその潔さに、自ら人生を選び取った人間の矜持が伺える。

香港では職を変えることは日本ほどタブーではなく、むしろステップ・アップすることで肯定的に捉えている。黒山羊さんと私は結婚の失敗？や他の別れを半ば揶揄《やゆ》し、自らを鼓舞する意味で、相手への失礼を省みずにstepping stone（踏み石君）と呼んでは笑い転げていた。それと同じく、フランソワーズ・

ジローはまさにピカソを踏み石にした女性である。

生まれ変わったら……

病気が発覚してからだったろうか。「唯一悔やむことがあるなら、早く離婚しなかったこと」と電話口で彼女は言った。そうだったのか、そして白山羊が悔やむことの一つは、オーストラリア、ブリスベンに行った時、「離婚しようかな」とつぶやいた彼女に「彼のような人、まずいないよ」と言下に否定してしまった。なぜ、あの時もう少しちゃんと聞いてあげなかったのか、それが悔やまれる。

だって、オシドリ夫婦で通っていた。私の目にもいつも仲睦まじい姿があった。友人が結婚した場合、友情関係はその連れ合いに大きく左右される。黒山羊さんの夫、Pさんにはそれがなかった。白山羊は、とにかくほとんど毎年のように訪れ、一週間から十日近くの長逗留でも、いやな思いをしたことはなかった。「自分の家だと思っていつでも来てね。」と結婚した時に言われていた。語学学

校で日本語を習いに来ていたPさん、教師の黒山羊さんに一目ぼれだったらしい。十二歳年下のカップルは、時々「お母さん」などと言われ頭にくると言いつつも、楽しそうだったのだ。

その関係性が徐々に変化し出した。ある事件が起こる。Pさんが金遣いが荒いというか、出所は共通の口座なのに、誕生日プレゼントに百万円を超える指輪を買ってきたと怒り心頭で電話をしてきた。他にもすぐ離職すること、人との関係性をうまく作れないのだと言っていた。そしてその亀裂が大きくなったのは、彼女への一言の断りもなく順調だった仕事をやめ、独立したのだ。会社を立ち上げたのが、中国広州、そこがPさんの住処になってしまった。商売相手が中国人、二人が共有してきたはずの価値観が脆くも崩れた。お金は人生を楽しむため、それがお金が目的になっていった。

ある時、白山羊の教え子にちょっと心痛む出来事があった。その励ましの言葉「生まれ変わるとしたら私は絶対結婚しないから」と伝えて、と。ハッとした。これが黒山羊さんの本心だったのだ。彼女は五十代で体調を崩して仕事を辞めた。それからは、さまざまなオファーがあったようだが、Pさんはあまり賛成ではなかった。「変えられると思ったのよね……」それが、黒山羊さんの絶望的な吐息となる。香港は男女平等思想が日本より断然高い。女性が働くのは当たり前、Pさんの姉妹も職を持ち成功していた。にもかかわらず、彼自身は黒山羊さんの目指すところを理解しなかったのか。残念としか言えない。

バスに乗れないんだよ

黒山羊さんは帰国しても仙台市にある実家に帰らず、白山羊宅に逗留するのが常だった。その日は実家に挨拶に行くと言っていた日、白山羊が仕事から戻ると、「バスに乗れなかったんだよ」と言うではないか。「エッ、どうして、具合悪かった？」返ってきた答えに白山羊は絶句した。「駅までのバスに乗るのもやっとのことだった。それから実家までのバスに乗れないんだ。でもどうにか行ってきた。」なんか息も絶え絶えという感じで消耗していた。

家に帰れない？ それが白山羊には理解できなかった。本当に想像外のこ

となのだ。高校までは母親とは喧嘩ばかりしていたが、家に帰りたくないという感情を一片たりとも持ったことはない。そんなに辛いことなのだ。頭をグァーンと殴られたような衝撃。

その時は黒山羊さんと知り合って三十年以上が経過、親との不和を明確に打ち明けられたのは初めてだった。弟さんだけが溺愛され、幼少期からほとんどないがしろにされていたこと、学校で評価された作文や詩、褒められたことがなかったらしい。東京で離婚した時も、恥さらしと勘当に近い状態だった等が次々と明らかになる。

お父様が亡くなった時の遺産分配、彼女には何の連絡もなかった。それが浮上したのは仙台の実家を売却する時だった。それからが弟さん夫婦と暖簾に腕押しのような状況が続き、ほとんどノイローゼ、精神的鬱屈に陥っていた。白山羊の従妹がお世話になっている弁護士さんに仲介に入ってもらったが、それまでかなりの時間を要し、黒山羊さんの心は蝕まれていた。笑いが消えたのはその頃からだ。重なって連れ合いとの問題も並行していたのだ。

振り返ってみれば、兆しは黒山羊・白山羊が付き合い始めた頃からあったのだ。「お正月、京都へ行かない」と誘われた。正直びっくりした。正月は家族と過ごすのは我が家では不文律（まあ、次第にそれは年を経て私自身が守らなくなったが……）、彼女はその冬、一人で京都旅をしてきたようだった。

また黒山羊さんが豪邸に引っ越したのを機に、猫を飼い始めた。ココ（シャネルの名前からとった）という名の通り、気品にあふれグレーの美しい毛並みペルシア猫だった。しかし、とにかく人見知りが激しく、人が来ても絶対に部屋から出てきたことがなかったという。それが、どうしたことか、白山羊には部屋から出てきたのである。そして滞在中、ずっと私の部屋にいた。

「やっぱりねぇ。猫は飼い主の心がわかるっていうから」と言った黒山羊さん、白山羊訪問の前にご両親の訪問もあったはずなのに……疑問が膨らんだまま時が経過していた。

だからこのバスに乗れない事件で、バラバラになっていたものがつなぎ合わされた。家族との不和という重いものを今まで抱えてきたのか。聞くに堪えないような辛い思い出を、堰を切ったように話し始めた。大学は短大まで、それも入学金までしか出してもらえず、授業料はバイトで稼いだ。有名商社勤務のお父上、お金がないはずはない。その時まで、こんなに頭がいい人なのに、なぜ短大？　とぼんやり考えていた無知な白山羊である。当時女の子は短大くらいで十分とする風潮、なんの抵抗もなく四年制大学へとやってくれた自分の境遇は全く幸運なのだと、逆に驚いたのである。

そしてこの学歴が黒山羊さんの「生涯でもっとも悔やしかったこと」につながるのだ。香港の労働法を翻訳したことで、香港の弁護士資格を取ったらと周りから熱心に勧められた。しかし、その時ネックになったのが短大卒、大卒でないと資格は取れないと判明した。慰めの言葉がなかった。

二〇一九年東大入学式の上野千鶴子さんの祝辞、黒山羊さんの感動はただならぬものを感じた。その時上野さんはマララ・ユスフザイさんの父親の言葉を引用「多くの娘たちは翼を折られてきた」、彼女もその翼を折られた一人、深い共感はここにあったのだ。

そして深読みするなら、人を喜ばせたり笑わせるのが大好きだった黒山羊さん、そのユーモアは、自らの幼少期からの孤独や悲しさを振り払うためだったのだろう。さらにその負の思いを決して相手に課すことがないように、細心の注意を払っていた。いつも相手のことを思ってくれた。

時間のミルフィーユ

以前黒山羊さんの友人エミィが住んでいたことで訪れた香港のケネディ・タウン、そこで案内された海辺のレストラン、香港でありながら不思議な郷愁が漂う。すぐ二人で「フランス映画に出てきそう」とはしゃいだ。海辺と鉛色の空、そして窓ガラスに打ちつける雨、幻の映画空間が即浮かんだ。そのひとときを思い出した。

所も変わり、奇しくも黒山羊さんと最後の旅行になった金沢、鈴木大拙《すずきだいせつ》記念館を訪ねた。入るとすぐ、海辺にたたずむ大拙の写真がある。人間の佇まいとは不思議なものだ。すべてを表す場合があるのだから。あとで多分旅の思い出を語っている時のこと、「あの写真よかったねぇ」と同時に同じ言葉が出た。それだけで通じる幸せを感じた一瞬だった。

その旅の終わり、宇奈月温泉で立ち寄った美術館、未知の画家の絵に出会う。

その時間を重ねていく描画行程に驚き、しばしその絵の前に二人で佇んだ。美術館ほど呼吸が合わない人と行く不運はない。絵の好み、それを見る間合い等々、本当に微細な感覚が試される場所である。そこで無言でその時を過ごせるのは至福だった。

時間も場所も超えた脈絡のない場所でのエピソード、黒山羊さんとの思い出を手繰っていると、不思議に結びついた。その言葉に出さなくても、お互いが醸成した時間の至福を。まさに時間のミルフィーユのように積み重ねられて残っている。

あとがき

友人からのメールに芥川賞作家佐藤厚志さんの『文藝春秋』掲載の受賞の言葉が引用されていた。「感染症が猛威をふるう中、病気で亡くなった親友の人生を全力で肯定するつもりで『荒地の家族』書いた。……生は苦しい。その苦しみのひとつに近しい人の死がある。死はつらく、思い出すこともまたつらい。それでも傷口に触るように死を振り返る。共有した時間を繰り返し思い起こすことで痛みが鈍化していき、いつしかその記憶が癒しになる。そう願う。小説を読んで、一人ひとり違った風景を受け取って欲しい。」

黒山羊さんが亡くなった時、弟がこう慰めてくれた。「事故や災害で命を絶たれるよりも、病気で人生を全うできたことはよかったのだと思う」と。だから、私も彼女の人生を全力で肯定するつもりで、思い出を書こうと改めて決意した。

黒山羊・白山羊の出会いについては「ずうずうしいオードリー」に書かれて

いる。とにかく黒山羊さんは美しくセンスが抜群、ショートカットの髪に大きめのイヤリングがいつも素敵だった。今でも面食いならぬセンス食いの傾向がある白山羊、数ヶ月の英会話教室が終了間際、自分でも予想もしない行動にでたのだ。「不愛想に、有無を言わせない口調で言った」との黒山羊さんの描写、当時引っ込み思案は半端ではなかった私自身、振り返っても仰天行動である。これはロジックではなく勘（センス）が勝って生涯の友を選んだのだろう。わがセンスに乾杯である。

『若き日に薔薇を摘め』は瀬戸内寂聴と藤原新也の往復書簡である。タイトルはイギリスの詩人の言葉から、「薔薇の蕾の微笑んでいる時間は短い。時を逃さず、若き日にそれを摘めと。」そして藤原は「若き日に、その香しい薔薇の蕾の幾つを摘むか。おそらく老いの豊かさはその一点にかかっている」と。この言葉にまた黒山羊さんとの友情の薔薇を摘んだことの幸運を思う。

二〇一八年のクリスマスは苦いものだった。その直前に黒山羊さんの病が発覚、肺がんステージ4だった。しかし香港屈指の病院で最先端治療を受け、二〇二二年春までは奇跡のように全く普通の生活ができた。さらに大きかったのは、働く日常があったこと、それは生きる強い力になっていたはずだ。長いブランクのあと堀さんの会社からオファーがあった時、「まだ働けという天の声だね」と即答した。才能を埋もれさせるなんて社会的損失と、いつも思っていたからだ。

口癖のように、自分に言い聞かせるように「人間、致死率百%だからね。」と言っていた黒山羊さん、大好きな大好きな香港で生を閉じたのは幸運である。最後まで逃げることなく病気と闘い、与えられた生を精一杯生きた。そして逝く一ヶ月前までユーモアを切らすことなく「黒山羊コラム」の執筆を続けた。病の悪化を文面から探ることなど不可能、「シェラクラブ通信」の多くの読者は急逝に驚いていた。まだ思い返すだけで胸が詰まるが、この書がその生の証となってくれればいいと切に願う。

そして病気が発覚してから、公私にわたり黒山羊さんを見守り支えてくださった堀さん、それは白山羊にとってもどれほど大きな支えだったかと、感謝の言葉がありません。それは死後も続き、葬式を執り行い、遺品を一つひとつ精査し、行先を決めている。その丁寧な仕事にも、頭が下がるばかりです。そして彼女の死を乗り越えるための同志として今に至っています。本当にありがとうございました。

さらに強引とも言えるこの持ち込み原稿を本にして下さった編集者の登坂さん、そして黒山羊さんに病気が発覚してからの日々、白山羊を支えてくれた「シェラクラブ通信」の読者はじめ友人、教え子たちに感謝します。従妹（ミラノから昨年帰国し現在伊豆在住）は、最後まで励まし寄り添ってくれました。傷心の日々に、訥弁ながらも言葉の救いをくれた弟にも感謝。送られてきた遺品に絵葉書のファイルがあった。白山羊が旅先から出したものと、黒山羊さんの文通相手？の弟のものが主だったが、その最初の絵葉書に仰天爆笑した。「はじめておたよりします。ヘプバーンの弟です」。

二〇二三年六月

大島　真理
（白山羊）

〈二人のプロフィール〉

◆**松本良子《まつもとりょうこ》**（＝黒山羊）（1950〜2022）

1950年東京都生まれ。昭和女子大短期大学部卒業。東京で塾経営後、1988年香港へ移住、1992年スタッフ・マネージメント・コンサルタンシーを設立。その後シンガポール、オーストラリア（シドニー、ブリスベン）を経て2007年以降香港在住。2018年からMediport　Internationalに勤務。2022年11月病のため死去。

◆**大島《おおしま》真理《まり》**（＝白山羊）（1948〜）

1948年宮城県生まれ。山形大学卒業。東北大学附属図書館、91-92年アメリカウェスト・バージニア工科大学図書館にてインターン。元東北福祉大学准教授（図書館学）、エッセイスト。著書に『無口な本と司書のおしゃべり』『ふるさとの臥牛に立ちて』『司書はときどき魔女になる』『司書はふたたび魔女になる』『司書はなにゆえ魔女になる』『司書はひそかに魔女になる』『司書はゆるりと魔女になる』『図書館魔女の本の旅』『図書館魔女は不眠症』『図書館魔女の蔵書票』等。

カバーデザイン　マユタケ ヤスコ
黒山羊コラム写真提供　堀 真

図書館魔女《としょかんまじょ》の往復書簡《おうふくしょかん》 ～黒山羊《くろやぎ》・白山羊《しろやぎ》の50年～

2023年8月10日　初版発行

著　者　松本　良子© MATSUMOTO　Ryoko
　　　　大島　真理© OSHIMA　Mari
発行者　登坂　和雄
発行所　株式会社　郵研社
　　　　〒106-0041　東京都港区麻布台3-4-11
　　　　電話（03）3584-0878　FAX（03）3584-0797
　　　　ホームページ http://www.yukensha.co.jp

印　刷　モリモト印刷株式会社

ISBN978-4-907126-60 -5　C0095
2023 Printed in Japan
乱丁・落丁本はお取り替えいたします。